풍경 소리

풍경 소리

김진용 수필집

수필미학사

부족한 글로 수필집을 발간하는 게 부끄럽고 걱정이 됩니다. 아직 여물지도 않았는데 욕심만 부리는 것 같아서 많이 망설이기도 했습니다. 하지만 이것도 좋은 경험이라는 생각에 용기를 얻었습니다. 한편으로는 글공부를 하면서 작품집을 출간하는 사람들이 부러웠는데, 나도 이제 소중한 꿈 하나를 이룬다고 생각하니 마음이 설레기도 합니다.

글쓰기에 눈 돌리기 전에는 취미가 마라톤이었습니다. 10여 년이 넘는 긴 세월을 마라톤에 푹 빠져 살았습니다. 마라톤을 하면서 숱한 좌절도 맛보았지만 영광스럽고 기쁜 날도 많았습니다. 아쉽게도 부상이라는 달갑지 않은 덫을 만나 조금 일찍 날개를 접었지만, 그 당시 마라톤은 내게 인생 그 자체였습니다.

글공부를 하면서 평소에 읽기 쉽고 재미가 있어야 좋은 글이라는 말을 많이 들었습니다. 하지만 내가 쓴 글은 아직 어느 것 하나 그 언저리에도 가지 못했습니다. 그래서 흉내라도 내고 싶은 마음에 무딘 연필을 벗 삼아 글을 쓰는 일이 지금은 취미가 되었습니다. 마라톤을 해도 처음부터 좋은 기록이 나올 수 없듯이 글쓰기도 마찬가지인 것 같습니다. 제 글쓰기 공부도 이제 막 마라톤 출발선에 섰다고 생각합니다.

늦었다고 생각할 때가 제일 빠르다는 말이 있습니다. 처음에는 마음만 있었지 상상도 못 했는데 내게도 이런 기회가 찾아온다는 사실을 생각만 해도 기쁩니다. 더 좋은 글을 쓸 수 있도록 노력하겠습니다.

끝으로 책을 발간하기까지 같이 공부했던 많은 글벗들과 늘 든든한 울타리가 되어서 도와주신 모든 분들께 진심으로 감사드립니다.

2015년 5월

김 진 용

■ 차례

2 _ 집들이

3_봉정암

4 _ 사랑니

5 _ 해바라기

1
꽃무릇

발령

가을철 인사 발령이 났다. 새로운 근무지에 대한 설렘과 정든 동료와 헤어져야 하는 섭섭함이 공존한다. 한곳에 오래 근무하지 못하는 철새 같은 인생이란 생각이 든다.

발령이 날 때마다 어릴 적에 이사 다니던 기억이 난다. 정이 좀 들 만하면 이사를 했다. 이사하려면 매번 엄청난 힘을 쏟아야 했다. 요즘은 이삿짐 업체에 연락하면 포장 이사를 해주기 때문에 힘들 것이 없다. 하지만 그때는 환경이 안 좋았다. 나는 철이 없어서 따라다니기만 했지 부모님 심정을 차마 헤아리지 못했다. 그저 정들었던 친구와 헤어진다는 것이 마냥 섭섭할 뿐이었다. 그때의 가난은 피할 수 없는 운명 같아서 지금도 가슴이 아프다.

발령이 나면 언제든지 떠나야 하는 신세다. 늦가을 정처 없이 날아가는 기러기를 보면 인생살이와 닮은 느낌이다. 한곳에 정착하지 못하고 떠도는 것 같아서다. 그나마 무리 지어 다니는 기러기는 동행이 있어 외롭지는 않을 것 같아 부럽다. 인사이동은 임용장만 들고 낯선 곳을 혼자 찾아가는 경우가 많다. 다른 근무지에 가면 새롭게 얻는 것도 있지만 적응 기간이 필요하다. 하지만 새로운 사람을 만나는 것은 보람이다.

어릴 때 살던 동네는 대부분 농사를 짓고 살았다. 백여 호가 넘었는데 몇 가구만 빼고 토박이로 대를 이어 농사를 생업으로 삼았다. "농자천하지대본"이라는 말처럼 농사를 천직으로 알고 땅만 소중히 바라보며 사는 것이 근본인 줄 알았다. 집을 오래 비우지 못했다. 친척집을 방문하거나 여행을 가도 이내 돌아왔다. 작은 집에서 몇 대가 함께 살면서 불편했지만 그렇게 살아야 도리인 줄 알았다. 가진 것은 넉넉하지 못해도 인정이 많았던 시절이다.

요즘은 철들기 무섭게 분가하여 산다. 1인 가구가 크게 늘어나는 추세다. 간섭받기 싫어서 편하게 살고 싶다는 생각이겠지만 편한 것만 찾다 보니 서로가 무관심 속에서 살아가는 것 같다. 옆집에서 누가 죽어도 모르는 세상이다. 독거노인이 몇 개월 만에 시체로 발견되었다는 기사는 우리 사회의 현 세태를 보여준다. 인간이 제일 견디기 어려운 것이 외로움이다. 요즘 세태는 가치관이 변해서 진정 무서운 게 뭔지도 모르며 사는 것 같다.

한번은 내가 살던 마을에 남사당패가 왔다. 떠돌아다니며 재주를 부리고 사는 그들이 부러웠다. 시골에서 매일 보고 듣는 것이 똑같다 보니 더 큰 세상을 구경하고 싶었다. 눈으로 직접 보는 것이 많아야 세상 보는 눈이 뜨일 것이 아닌가. 사람은 나면 서울로 가라는 말이 자꾸만 뇌리를 스쳤다. 그래서 어린 마음에 남사당패가 되고 싶다고 어머니께 말했다가 매우 혼난 적이 있다. 행여나 떠돌이의 삶을 살게 될까 염려하신 어머니의 마음을 이제는 알 것 같다.

시골에서 농사만 짓고 살 때는 발령이 뭔지도 몰랐다. 세상에는 직업의 종류도 부지기수다. 이 순간에도 생소한 직업들이 생겨난다. 농사와 연관이 없는 직업도 여러 가지다. 아버지는 공부에 자신이 없으면 기술이라도 배워야 산다고 말씀했다. 학교를 졸업하고 사회에 나가면 청소부가 되기를 바라셨던 아버지 심정을 이제는 이해가 된다. 연예인, 운동선수 등 잘나가는 사람들을 방송에서 종종 본다. 그들이 부럽다. 젊을 때는 심지어 기능 올림픽 입상자도 부러워했었다.

직장을 옮겨 좋은 동료를 만나는 것은 큰 복이다. 인터넷이 생겨서 이제는 직장에서도 기계에 먼저 의존하게 되었다. 서로 자기의 업무만 챙기다 보면 분위기가 썰렁하다. 버스나 지하철을 타도 손전화기 화면에만 집중하는 사람이 많다. 옆에 누가 있어도 쳐다보지 않는다. 무관심이 얼마나 무서운지 알지 못한다. 기게에만 매달리다 보면 사람이 점점 이기적으로 변한다. 똑같은 말을 한마디 해도 인간미가 없어 너무 딱딱하다는 기분이 든다.

인사 발령을 받으면 생각나는 사람이 있다. 초등학교 때 2학기 시작하며 전출을 가신 담임선생님이다. 어디를 가더라도 쓸모 있는 사람이 되라고 자주 일러주시던 선생님의 말씀을 아직도 잊지 못한다. 실제로 학교 졸업 후 사회인이 되고 보니 어릴 적 꿈과 현실은 많이 달랐다. 과열 경쟁 속에 사람들에게 실망을 배우기도 했으니 말이다. 어쩔 수 없는 현실이다. 나 역시 만족을 못 해 늘 높은 자리만 쳐다보고 살았다. 이제는 마음을 비우기로 했다. 늦었는지 모르나 그나마 다행이다.

어릴 때부터 한 자리에 머물러 일하는 직업을 가지고 싶었다. 장사하며 떠돌아다녔던 아버지 영향인지도 모른다. 아버지를 닮은 데가 많은 것 같다. 발령으로 이런저런 생각을 하다 보니 어떤 직장이든 적응을 잘해야 한다고 생각한다. 설렘이 앞선다. 모처럼 올려다 본 가을 하늘이 높고 공활하다

꽃무릇

선운사 꽃무릇 군락지에는 온 천지가 빨갛다. 온통 붉은색 물감을 풀어놓은 것 같다. 쳐다보고 있으면 고운 꽃 잔치에 넋을 잃는다. 오랜 기간 보고 싶어 했는데 반갑다.

수년 동안 뜸을 들이다가 마침내 꽃구경을 하였다. 몇 해 전 담양에 문학 기행을 간 적이 있다. 죽녹원을 거쳐 송강가사문학관에 갔을 때다. 문학관 꽃밭에 보니 많은 꽃 가운데 한 무더기 예쁜 꽃무릇이 있었다. 내가 꽃무릇을 본 건 그때가 처음이었다. 꽃무릇이 너무 고와서 선운사에도 가보고 싶었다. 그곳에는 전국 최대의 꽃무릇 군락지가 있다는 이야기를 글벗에게서 전해 들었기 때문이다. 그 뒤 전라도 영광 가로에 줄지어 피어 있는 꽃무릇을 보면서 마음은 더 간절하였다.

선운사가 초행은 아니다. 절에서 성지 순례를 간 적이 있는데 그때는 꽃이 피는 시기가 아니었던 보양이다. 절 구석구석을 돌아다녔지만 꽃무릇을 발견하지 못했다. 미처 알지 못했을 뿐만이 아니라 운도 따르지 않았다. 꽃은 고사하고 시간에 쫓기어 도솔암에 가보지 못함을 아쉬워했었다. 다시 가면 꼭 도솔암에 가리라 생각을 하고 있었다. 그런 마음으로 도솔암에 가기 위해 들렀던 길인데 정작 선운사에서 시간을 보냈다. 얼마 되지도 않은 거리인데 일행이 너무 많다 보니 그렇게 됐다.

우연인지 도솔암이 꽃무릇과 겹치면서 나도 모르게 몸이 닳았다. 도솔암에도 가고 꽃무릇도 보면 좋은 일이 생길 것 같은 기분이었다. 그런데도 미루기만 하다가 다시 찾는 데 시간이 오래 걸렸다. 마음먹었을 때 만사 제쳐 놓고 갔다 와야 하는데 꽃피는 시기를 맞춘다는 것이 그렇게 됐다. 지척에 두고 멀리 돌아온 것 같은 기분이 든다. 어쨌거나 직접 한번 보고 나니 마음이 편하다. 언제 다시 이렇게 좋은 기회가 있을지도 모를 행복한 시간이었다. 온통 꽃향기에 취해 정신이 아찔했다.

세상은 넓고 참 희귀한 일도 많다. 여행을 다니면서 연리지 식물을 봤다. 아무 인연도 없을 것 같은데 서로 마음을 의지하며 살아가는 모습에 절로 미소가 지어진다. 연리지는 애틋하다. 손만 잡아서는 뭐가 부족한지 새끼줄처럼 꼬아 가며 보듬고 있는 식물도 있다. 그런데 꽃무릇은 사정이 다르다. 똑같이 한몸에 나면서도 꽃은 잎하고 생전에 마주 볼 일이 없다. 철천지원수도 아닌데 왜 서로 외면하는지 모르겠다. 여리고 가냘픈 몸매라 서로 배려하기 위해서 잠깐 거리를 두는 거라며 애써 위로를 삼고 싶다.

꽃무릇을 보며 꽃길을 따라 하염없이 걸었다. 하나라도 놓치기 싫은 풍경이 이어진다. 꽃밭에 무더기로 피어 있는 꽃도 보기 좋은데, 돌 틈에 한 송이 외롭게 핀 꽃이 더 정겹다. 나무 사이로 듬성듬성 피어 있는 꽃무릇도 정이 가는 것은 마찬가지다. 사방을 둘러봐도 능선을 따라온 산에 꽃무릇이 지천이다. 누가 일부러 꽃씨를 뿌려 놓은 것도 아닌데 어쩌면 이렇게 많은 꽃이 피었는지 신기하다. 꽃무릇에 취해서 글 한 줄 남기고 싶은 마음이 자꾸 생긴다. 경치 좋은 곳을 찾아다니며 자연을 즐겼다는 선인들의 마음을 조금은 알 것 같다.

도솔암에 이르니 꽃길도 끝이 난다. 작고 가냘픈 몸매에 무슨 매력이 있어 흠뻑 취했는지 모르겠다. 그저 앙증맞고 예쁘다는 생각만 했는데 가만히 보고 있으면 붉은 입술이 너무 귀엽다. 군락지를 벗어나면서 띄엄띄엄 혼자 외롭게 피어 있는 걸 보면 조금 쓸쓸해 보인다. 꽃밭에는 그렇게 많은 사람이 북적거렸는데 찾는 발길이 조금 뜸했다. 꽃도 혼자 있으면 가치가 떨어지는 모양이다. 대중 속에서 어울려 살아야 빛이 나는 우리 인간들처럼 무리를 지어서 살아야 하는 것 같다. 그래도 꽃무릇이 있어서 마냥 즐겁고 행복하다.

꽃밭에도 상처가 있다. 차라리 안 봤으면 더 좋았을 것 같은 기분이 든다. 군데군데 "꽃밭에 들어가지 마세요. 꽃무릇을 보호합시다."라는 팻말이 보인다. 그냥 사진만 찍으면 되는데 여기도 어쩔 수 없이 불청객이 있는 모양이다. 사진이 뭔지 곱고 사랑스러운 꽃무릇을 다치게 한다. 허리가 꺾인 꽃무릇을 보니 팔다리 하나가 부러진 것 같아서 마음이 아프다. 바라보기만 해도 얼마든지 좋은 감정을 느낄 수가 있는데 내 마음과 다른 모양이다. 꽃구경도 좋지만 먼저 상대방을 배려할 줄 아는 너그러운 마음을 가지면 좋겠다.

이곳 저곳 꽃길을 많이 다녔다. 평소에 자주 가는 강창 코스모스 꽃길도 그렇고 봄만 되면 찾아가는 산수유 꽃도 있다. 화분에 꽃을 심어 전시회만 하는 무궁화 축제도 있다. 그런데 대부분은 자생한 것이 아니라 인위적으로 꽃씨를 뿌리고 조성한 꽃길이다. 그래서인지 꽃향기에 취해서 즐거워하면서도 아쉽다는 생각을 하게 된다. 그랬는데 제대로 된 꽃길을 본 것 같다. 꽃무릇이 사는 동네는 인간의 손길이 전혀 미치지 않는 자연 그대로의 꽃길이다. 처음부터 꽃밭이 있던 것도 아니고 무리 지어 많이 피다 보니 그대로 꽃밭이 되었다. 손때가 안 묻어서 더 소중하다는 생각이 든다.

온종일 꽃향기에 취해 있었다. 꽃을 보면서 꽃무릇에 얽힌 전설을 전해 들으니 마음이 더 애틋해진다. 볼 수가 없어 더욱 그리워한다고 해서 생긴 이름이 '상사화' 라고 한다. 연리지를 반만 닮아도 병이 되지는 않을 것인데 안타까울 따름이다. 어쩔 수 없이 연인 같은 꽃무릇을 가슴에 담았다.

틀니

막냇동생 표정이 딴판이다. 이상해서 물어봤더니 며칠 전에 이가 빠졌다고 한다. 홀쭉하게 생긴 입을 보니까 어머니 생각이 난다.

시골에 살 때 있었던 일이다. 내가 입대할 무렵 어머니의 이가 빠졌다. 처음에는 나이가 들어서 그러려니 하는 생각만 했다. 하지만 음식도 제대로 못 드시고 아파서 혼자 고생을 하시는 모습이 안쓰러웠다. 돈 벌어서 빨리 틀니를 해 드리고 싶었다. 그럼에도 차일피일 미루다가 틀니를 못 해드리고 입대했다. 군 복무를 하면서 편지로 몇 번 물어봐도 기쁜 소식을 듣지 못했다. 결국은 내가 제대할 무렵이 되어서 틀니를 했다는 소식을 들었다.

빨리 치과에 가라고 하면 둘러대기 바빴다. 틀니 이야기만 나오면 딴청을 부리곤 했다. 아직 잇몸이 여물지 않아서 좀 더 기다려야 한다는 말만 되풀이하였다. 시간이 지날수록 입 모양이 더 홀쭉해지는 어머니가 불쌍했다. 자식들은 속도 모른 채 당연히 잇몸이 여물어야 하는 줄 알고 지켜보고만 있었다. 자식들이 조금이라도 아프면 난리가 나는데 어머니는 꾹 눌러 참기만 하신 것이다. 돌이켜보니 어리석고 참으로 염치가 없다.

틀니를 하려면 목돈이 들었다. 어머니는 "이보다 입이 더 급하다."라는 말을 자주 하셨다. 당신 이가 아픈 것은 아무렇지도 않고 그저 자식들 배불리 먹일 생각이 우선이었다. 틀니 하는 돈이 아까워서 병원에 갈 생각도 없었다. 병원이 있는 읍내까지 거리가 멀어서 가기 어렵다는 말만 되풀이했다. 단순한 거리보다 마음이 더 멀었던 것 같다. 조금만 참으면 되는데 아까운 돈을 갖다 버릴 필요가 없다는 것이 당신 생각이었다.

돈이 아까워 오래 고생을 하셨던 어머니의 모습을 지켜보면서 마음이 무거웠다. 호강 한번 제대로 시켜 드리지 못하는 것이 죄송했다. 평소에 돈을 잘 벌어 왔으면 그런 일이 없는데 자신이 무능하다는 생각을 많이 했다. 자식들 형편이 어려운 줄 뻔히 알면서 더 이상은 짐이 되기 싫었던 모양이다. 자식이 여럿 있어도 어려울 때 힘이 되지 못했다. 자식을 키워 봐야 소용이 없다는 아버지 말씀이 새삼 가슴에 맺힌다. 늦게나마 고생만 하신 어머니께 용서를 구한다.

바로 밑에 여동생이 틀니를 해드렸다. 여동생이 나보다 속이 더 깊었다. 말은 안 해도 나름대로 생각이 있었던 모양이다. 직접 만나서 표현은 안 했지만 동생이 너무 고마웠다. 제대하자마자 집에 돌아와 틀니를 한 어머니 얼굴을 볼 수가 있었다. 그 모습이 완전히 딴 사람 같았다. 그제야 어머니 본 모습을 보는 것 같다. 이제 다시는 고생을 안 했으면 좋겠다. 어머니 역시 말은 없었지만 만족해 하시는 표정이었다.

이가 빠진 자국을 보니 어릴 때 기억이 난다. 철들 무렵 이갈이를 할 때였다. 젖니가 빠지고 영구치가 새로 나올 무렵이다. 이가 흔들리면 잠을 설치면서 고생이 심했다. 결국 실을 길게 늘어뜨린 다음 문고리에 묶어서 뽑았던 생각이 난다. 어머니한테 물어보면 뽑은 이를 지붕 위에 던지라고 했다. 그래야 새 이가 튼튼하고 보기 좋게 난다고 했다. 초가집은 좀 나은데 기와지붕에는 잘 얹히지 않아서 애를 먹었다. 힘들게 몇 번이나 던져야 겨우 올릴 수가 있었다.

치통으로 고생하는 사람을 종종 본다. 이는 오복 중의 하나라는 말이 있다. 이가 빠지면 일단 보기가 싫다. 입이 홀쭉해지면서 인상이 틀어지면 딴 사람 같이 보이기도 한다. 감추고 싶어도 감출 수가 없는 것이 더 낭패다. 어렸을 때 장난치다가 다쳐서 이가 부러진 친구가 있었다. 상대의 마음도 모른 채 만나기만 하면 놀렸던 생각이 난다. 그 친구는 놀림감이 되기 싫어서 한동안 같이 어울려 놀지도 못하고 피해 다녔다. 틀니를 하고 나서도 어색한 건 마찬가지다. 그때만 해도 어린 나이에 틀니를 하는 사람은 별로 없었다.

막내가 틀니를 하게 생겼다. 건강은 어떻게 관리하느냐에 따라서 차이가 난다. 막내에게 빨리 병원에 가라고 재촉했다. 사서 고생할 필요가 없다는 말을 하고 싶었는데, 그 말을 못 했다. 내 앞에서는 나이가 들면 모두 그렇게 된다는 말을 차마 못 해 꾹 눌러 참는 것 같다. 어머니처럼 막내도 고생할까 싶어서 걱정된다. 막내는 자식도 있는데 나보다 더 건강하게 살았으면 좋겠다.

어머니가 돌아가신 후로는 집에서 본 적이 없던 틀니를 다시 보게 생겼다. 그리 반가운 일도 아닌데 어쩔 도리가 없다. 막내는 아직 나이도 한창인데 벌써 틀니를 한다는 것이 마음 아프다.

봉사 활동

　주말을 맞아 요양원에 가서 봉사 활동을 하고 왔다. 힘은 좀 들었지만 마음은 뿌듯하다. 복지시설을 찾아다니면서 여러 가지 좋은 추억을 많이 만들면 그것이 보람으로 남는다.

　봉사 활동은 이웃을 위해 작은 힘을 나누어 쓰는 것이다. 요즘은 나눔과 섬김을 강조하는 사회다. 모두가 한 울타리 안에서 더불어 살아야 하는 세상이다. 아나바다 운동이라는 말을 좋아한다. 언제 들어도 가슴속에 되새겨 보고 싶은 말이다. 나 자신부터 실천을 제대로 못 해서 아쉽지만 나눔을 실천하는 운동이다. 누구라도 몸소 실천하는 사람을 보면 나도 도와주고 싶다. 요즘은 인정이 점점 메말라 간다고 하는데, 그나마 보기 좋은 흐뭇한 운동인 것 같다. 아나바다 운동을 보면서 아직은 우리 사회가 살 만한 세상이라는 생각이 든다. 봉사 활동도 그 중에 하나다.

나누어 쓰는 방법도 여러 가지다. 같이 근무하는 직원 중에 정기적으로 헌혈하는 사람이 있다. 마음속으로 본받고 싶은 사람이다. 늘 그렇게 생각은 하면서도 선뜻 용기를 내지 못한다. 이미 세월이 많이 흘러서 기억도 희미하지만 언젠가 헌혈을 해본 적이 있다. 헌혈하고 나서 머리가 어지러워 심하게 고생을 했다. 그 이후로는 헌혈을 하지 않았다. 나눔을 실천하는 직원을 보면 따라서 해 보고 싶은데 고생했던 경험이 생각나서 늘 망설인다. 그래서 선택한 것이 몸으로 때우는 봉사 활동을 하게 되었다.

봉사 활동에 관심을 둔 것은 방송대 재학 시절이었다. 처음에는 봉사 활동하면 시골에 가서 일하는 것만 생각했다. 대학 동아리 중에 농촌 봉사 활동을 하는 동아리가 있었다. 그런데 그 행사를 주관하는 학과가 따로 있는 줄 알았다. 그래서 우리 과는 해당이 안 되는 줄 알았다. 내가 전공한 학과는 시나 소설 같은 글쓰기 공부를 하는 사람이 많아서 농촌 활동과는 거리가 멀었다. 그래서 한번 해 보고 싶다는 생각이 있어도 강 건너 불구경하듯이 바라보고만 있었다. 자원봉사 하러 가는 사람들이 부럽기까지 했다. 봉사자를 모집한다는 현수막을 봐도 섣불리 나설 용기가 없었다.

봉사 활동에 늘 관심이 있다 보니 기회가 생겼다. 처음으로 봉사 활동을 하러 갔던 날이 생각난다. 우연히 같은 과에 다니는 친구와 고령에 있는 재활원에 가게 되었다. 아무것도 모르고 같이 가자는 말에 선뜻 따라나섰다. 그것이 내가 경험했던 첫 봉사 활동이었다. '버팀목'이라는 장애우 목욕 봉사 동아리였다. 너무 힘들어서 한 번만 해 보고 더 이상은 안 했는데 늘 마음 한구석이 찜찜했다. 동아리에 가입하라는 친구의 부탁이 있었지만, 매몰차게 거절했던 기억이 난다. 그렇지만 언젠가는 다시 도전해 보고 싶었다.

종종 체험 삶의 현장이라는 방송을 시청했다. 사회의 구석진 곳에서 묵묵히 땀 흘리며 사는 사람들을 보면 닮고 싶었다. 가진 게 없어 배고프던 시절에는 그저 입만 하나 덜 수 있어도 감지덕지했다. 그런데 지금은 살기가 좋아지면서 힘든 일은 하기 싫어하는 세상이다. 심지어 기피 직종도 생겼다. 힘들고 어려운 일이 생겨도 나만 편하면 된다는 생각에 서로 미루기만 하는 경우가 많다. 땀 흘리며 일하고 싶다는 생각을 안 한다. 그래서 좋은 방송이라고 생각을 했다. 기회가 있으면 나도 한번 해 보고 싶었다.

봉사 활동을 하겠다는 의지가 있으니 기회가 왔다. 따뜻한 봄, 팔공산에 있는 아동 요양원에 꽃을 심으러 간다는 소식을 듣고 지원을 했다. 그때 이후로 매월 장소를 바꿔 가면서 적극적으로 활동한다. 재활원에 갔던 경험이 눈에 보이지 않는 밑천이 된 것 같다. 가진 재주는 없지만 나도 할 수 있다는 생각을 한다. 이제는 꾸준히 할 수 있을 것 같다. 같은 일을 해도 재미있다고 생각하면 세상이 다르게 보이는 모양이다. 운동할 때는 힘들어도 끝난 뒤에는 뿌듯한 기분을 느끼는 것처럼 봉사 활동도 마찬가지다.

한번은 평소에 자주 가는 절에서 봉사를 했다. 병들고 나이가 많은 노인들만 수용하는 병실이 있었다. 청소도 하고 식사 수발도 하는 일이었다. 같이 갔던 직원이 미래의 우리 자화상 같다고 했다. 일하면서 세상에는 나보다 더 못한 사람도 많다는 걸 알았다. 아픈 데 없이 몸만 건강해도 큰 축복이라는 생각이 든다. 생전 안 아팠으면 좋겠다는 생각을 얼마나 많이 했는지 모른다. 이웃이 모두 건강하게 사는 세상이 좋은 세상이라는 생각을 하게 된다. 인정이 흘러넘치는 따뜻한 사회가 되도록 조그만 힘이라도 보태고 싶다.

하필이면 봉사 활동하러 가는 날이 산악회 가는 날이었다. 몇 년간 꾸준히 다녔는데 꽃 심으러 가는 날 지원을 하면서 인생이 바뀌었다. 같이 산악회에 다니는 친구가 심하게 반대를 했다. 처음에는 여러 가지 오해도 많았다. 한 번쯤은 봉사 활동 쉬고 산에 같이 가자는 말도 많이 들었다. 잠시 마음이 흔들리기도 했지만 그대로 밀어붙였다. 산에 가면 재미는 있겠지만 어렵게 내린 결심을 바꾸기가 싫었다. 친구도 이제는 어느 정도 포기를 한 것 같다. 나 역시 아쉬웠지만 모든 것은 세월이 말해 줄 것이다. 그래서 더 많은 시간을 봉사해야지 하는 생각을 하게 된다.

한동안 잊고 지냈는데 다시금 용기를 가지게 해준 동료 직원이 고맙다. 직접 몸으로 헌혈을 실천하는 모습이 너무 보기 좋았다. 이제는 나도 뭔가 할 수 있다는 자신감과 보람을 찾았다. 보람을 느끼며 언제까지고 힘닿는 데까지 계속하고 싶은 봉사 활동이다.

잡글도 쓰다 보면 는다

글이 당선됐다는 연락을 받았다. 얼마나 손꼽아 기다렸는지 헤아릴 수가 없다. 너무 반갑고 기뻐서 뭐라고 해야 할지 모르겠다.

절에서 운영하는 카페 활동을 하다가 우연히 수필과 인연을 맺게 되었다. 글 배우러 오라는 게시판 광고만 보고 용기를 내서 찾아갔다. 호기심에서 시작했지만 수필 공부가 쉽지 않았다. 그래도 희망이라는 끈을 놓기가 싫었다. 평소에 마지막까지 살아남는 자가 이기는 거라는 말을 많이 들었다. 처음에는 좋은 글을 쓰고 싶다는 생각보다 카페 활동을 열심히 하기 위해서 시작한 글공부였다. 그런데 공부를 하다가 보니 더 높은 이상과 목표가 생겼다. 많은 글벗들처럼 나도 이름 하나는 남기고 싶었다.

글쓰기의 매력은 무엇일까. 처음에는 메모장에 한 줄도 못 쓰고 끙끙 앓기만 했다. 어눌하게 써 놓으면 남이 흉이라도 볼까 싶어서 걱정이 앞섰다. 용기를 내서 한 줄 쓰는 데 많은 시간을 소비하였다. 머릿속에서 뱅뱅 돌다가도 막상 자판을 두드리려고 하면 백지처럼 아무 생각도 나지 않았다. 그나마 머리를 쥐어짜서라도 한 줄 쓰고 나면 보람을 느낀다. 글을 카페에 올리다가 보니 좋아하는 말이 생겼다. 머리 좋은 천재보다 무딘 연필이 낫다는 말이다. 글 쓰는 데 재미를 붙이고 관심이 생겨서 대구수필문예대학에서 글공부를 하게 되었다.

수필을 배우기 전에는 수필은 생각나는 대로 쓰는 글이라고 들었다. 글을 올리라고 했을 때 쓸 게 없으면 일기라도 써서 올리라는 말을 들었다. 창피한 줄도 모르고 글 같지도 않은 글을 많이 썼던 것 같다. 그러다가 제대로 된서리를 맞았다. 선배님 한 분이 보고는 내가 쓴 글은 수필이 아니라 '잡글'이라고 질책했다. 그랬는데 무식하게 많이 쓰다 보니 운이 좋아서 등단까지하게 되었다. 등단이 나와는 상관이 없는 남의 일이라고만 생각을 했는데 좋은 결실을 얻었다. 아무리 생각해도 신통하다.

눈물 젖은 빵을 먹어 보지 못한 사람은 그 심정을 모른다. 힘들게 얻어지지만 성공이라는 열매는 달고 맛이 있다. 올림픽에서 마라톤 월계관을 썼던 황영조가 한 말이 생각난다. 너무 힘들어서 마주 오는 자동차에 뛰어들고 싶었다고 했다. 상상만 해도 끔찍한 말이다. 그때 당시에 힘들다는 이유로 포기했다면 오늘

날의 영광은 결코 없었을 것이다. 온 국민을 기쁘게 했던 불세출의 영웅도 시련을 견뎌 냈기에 가능한 일이다. 글도 마찬가지라고 생각을 한다. 처음에는 뜬구름 잡는 것같이 멀게만 보였는데 결국은 목표를 이루었다.

등단하기까지 주위에서 도와준 사람이 너무 많다. 글을 가르쳐 주신 선생님과 같이 공부했던 문우들이 고맙다. 혼자서는 엄두도 낼 수 없었던 일이 응원에 힘입어서 포기하지 않았기에 가능하였다. 글을 쓴다는 것이 힘들지만 언젠가는 해낼 줄 알고 믿어 주었다. 재능은 없었지만 집념 하나로 버티었다. 어떤 수고를 감수하더라도 등단하고 싶었다. 집념 하나로 버티다 보니 요원하게만 느껴지던 꿈이 현실이 되었다.

마라톤대회에 참석하여 국민 마라토너 이봉주 선수를 만났다. 많은 대회에서 좋은 성적과 기록을 남긴 선수다. 하지만 올림픽 금메달이 없다는 이유로 평생 이인자라는 굴레 속에서 벗어나지 못했다. 비록 일인자는 되지 못했지만 아무도 실패한 인생이라고 하지 않는다. 어떤 면에서는 황영조 선수 못지 않게 영광과 환희를 맛보기도 했다. 선수 생활을 짧게 끝낸 황영조와는 다르게 오래도록 우리 곁에 머물러 있었다. 많은 사람이 못 잊어 하는 이유다. 덕분에 국민 마라토너라는 애칭도 얻었다.

야구 경기에서도 흐뭇한 장면이 많다. 모처럼 대타로 나온 선수가 홈런이나 안타를 치기도 한다. 삼진이 두려워서 방망이 한

번 휘둘러보지 않는다면 아무것도 못 한다. 어렵게 찾아온 기회를 스스로 차 버리는 꼴이다. 글도 마찬가지라고 생각을 한다. 잡글이라는 비난이 무서워서 글 한 줄도 안 썼다면 결코 오늘의 영광은 없었을 것이다. 성공을 위해서는 엄청나게 많은 실패와 좌절이 숨어 있다는 걸 알아야 한다. 끊임없이 부딪치다 보면 요령도 생기고 자신이 붙는다. 도전 하지 않고는 성공도 없다.

노력 앞에는 불가능이 없다는 말을 평소에 좌우명처럼 마음에 품고 살았다. 우리가 잘 아는 토끼와 거북이 이야기가 있다. 누가 봐도 상대가 안 되는 게임이다. 그러나 열심히 쉬지 않고 노력한 거북이가 달리기 경주에서 토끼한테 이겼다. 땀은 절대 배신하지 않는다. 땀 흘려 노력하는 사람이 자기 재주만 믿는 게으른 사람보다 낫다. 나 역시 마라톤을 통해 땀의 소중함을 알았고 성취감도 맛볼 수 있었다. 어려운 숙제를 하나 끝낸 것 같은 기분도 든다. 새로 산 연필이 몽당연필이 되도록 잡글이나마 포기하지 않고 글을 썼던 것이 보람으로 돌아왔다.

절대로 포기하지 말라고 선배가 잡글이라는 표현을 썼던 것 같다. 이제는 나도 하고 싶은 말이 있다. 잡글도 쓰다 보면 는다. 그래서 오늘도 무딘 연필을 벗 삼아 글을 쓴다.

조기 다는 날

경술국치일 아침에 조기를 달았다. 지금까지는 관심도 없이 지냈는데 현충일 말고는 조기를 처음 다는 것 같다. 비록 슬픈 날이지만 다시금 가슴속에 되새겨야 할 의미가 있는 날이다.

조기를 달아야 한다는 문자를 받았다. 처음에는 단순히 홍보차 보내는 문자라고만 생각을 했다. 그랬는데 곰곰이 생각을 해 보니 그렇게 하는 것이 맞다는 생각이 들었다. 왜 여태까지 관심도 없이 살았는지 후회가 되면서 좋은 일이라는 결론을 내렸다. 누가 생각했는지 참 고맙다. "용서는 하지만 결코 잊어서는 안 된다."라는 어느 역사가의 말이 새삼스럽게 생각이 난다. 일회용 행사로만 끝내지 말고 계속 이어져서 조기 다는 날을 공식적으로 정했으면 좋겠다.

《탈무드》를 읽었다. 우리와 비슷한 경험을 한 유대민족이다.

그들은 무려 2천 년 만에 나라를 되찾은 사람들이다. 긴 세월 동안 세계 각국으로 방황하면서 많은 고생을 했다. 그렇게 하면서도 나라를 다시 찾은 힘은 정신이 살아 있었기 때문이다. 정신이 살아남게 된 것은 오로지 교육의 힘이었다. 나라가 없이 떠돌아다니지만, 그들에게는 변하지 않는 빛나는 유산이 있었다. 나라를 찾아야 한다는 마음을 대대손손 후손들에게 물려 줬다고 한다.

우리가 잘 아는 《삼국유사》에 수록된 향가를 제일 먼저 연구한 사람은 일본인이다. 경주 분황사에 성지 순례를 갔다가 문화유산 해설사로부터 그 말을 듣고 깜짝 놀랐다. 그 과정에서 얼마나 많은 진실이 왜곡되었는지 알 수가 없다. 뒤늦게 양주동 박사가 향가를 연구했지만, 일방적으로 뭔가를 뺏긴 듯한 느낌이 든다. 그중에서도 일제가 제일 많은 공을 들인 것이 삼국시대 초기 부분이다. 역사책에 보면 신라 내물왕 이전에는 아무 기록이 없다. 닥치는 대로 기록을 없애 버렸기 때문이다.

중국의 진시황은 자신의 허물을 덮기 위해 많은 역사책을 불태워 버렸다. 자기 나라 국민에게 분서갱유라는 역사에 씻지 못할 엄청난 죄를 지었다. 그런데 진시황보다 더 많은 죄를 지은 것은 우리와 가장 가까이 있는 이웃 섬나라 일본이다. 일제가 저지른 만행 중에 가장 큰 죄목은 역사 왜곡을 위해 책을 불태운 일이다. 불행하게도 그 과정에서 금쪽보다 귀한 많은 책들이 혼

적도 없이 사라졌다.

《한단고기》에 보면 환웅 이야기가 나온다. 신단수 아래에 곰족과 호랑이족이 살고 있었다. 그 중에 곰족 여인과 결혼을 하여 낳은 아이가 단군이다. 그런데 《삼국유사》를 이용하여 전혀 엉뚱하게 해석을 해서 신화로 바꾸어 놓았다. 단군 신화라는 말은 어디에도 없었다. 단군은 신화가 아닌 실존했던 분명한 역사다. 민족정신을 말살하기 위해서 꾸며 낸 이야기다. 마지막으로 조선 총독을 지낸 아베 노부유키의 말이 생각난다. 총이나 대포보다 더 무서운 식민 정신을 심어 놓았다고 했다.

일제가 우리 땅에 발을 들여 놓기 전에는 그랬다. 20세기 초만 해도 코흘리개 아이들이 제일 먼저 배우는 것이 단군이었다. 요즘 아이들이 구구단을 외우듯이 47대 단군을 줄줄 외우고 다녔다고 한다. 그랬는데 단군 신화가 만들어지면서 우리 민족은 뿌리를 잃어버렸다. 단군을 본래 있던 자리인 역사의 현장으로 되돌려야 한다. 강점기를 거치면서 잃은 것이 너무나 많다. 그 가운데 제일 슬픈 일은 단군이 우리 역사에서 사라졌다는 사실이다. 아무리 생각해도 원통해서 억장이 무너진다.

안타깝지만 우리는 자신을 믿지 못한다. 일제가 심어 놓은 식민사관에 갇혀서 일본인이 쓴 책만 믿는 것 같다. 증명이 안 된다는 이유로 역사의 범주에 집어넣을 수가 없다는 황당한 이야기를 한다. 대표적인 이야기가 위서 논쟁에 휘말렸던 규원사화다. 찬란하고 위대했던 역사를 제 손으로 깎아내린다. 맞아 죽을 각오로 책을 썼다는 북애노인의 이야기가 메아리가 되어 가슴에 남는다. 지금이라도 교과서에 실어서 자라나는 새싹들에게 진실을 제대로 가르쳤으면 좋겠다.

몇 해 전에 있었던 일이다. 정부에서 간도 협약 무효 선언을 했다. 100년이 넘기 전에 해야만 효력이 있다고 한다. 해방되고 나서 일본조차도 그 당시 조약은 무효라는 선언을 한 적이 있다. 늦었지만 그나마 다행이라는 생각이 들었다. 지금 당장은 땅을 찾지 못하겠지만 결코 포기해서는 안 될 일이다. 역사도 마찬가지다. 관심을 가지고 정신이 깨어 있어야 계속되는 동북공정이나 백두산공정을 막을 수 있다. 서글픈 마음에 '경술국치일'을 맞아 뜨거운 여름날 도반들과 삼천 배를 했던 기억이 난다.

문자에 실린 내용대로 경각심을 일깨우기 위해서라도 조기를 달아야 한다. 역사를 잊은 민족에게는 결코 밝은 미래가 없다. 비슷한 상황이 닥치면 일본은 언제라도 다시 우리나라를 집어 삼키려고 할 것이다. 독도 만행만 봐도 잘 알 수가 있다. 무너진 역사를 바로 세워야 한다.

꾸준함의 대명사

　'꾸준함의 대명사'는 요즘 신문이나 방송에 이름이 자주 오르내리는 한 운동선수의 별명이다. 연일 의미 있는 기록들을 자꾸 만들어 내는 걸 보고 있으면 보기가 좋다. 성실한 선수라 언제 봐도 호감이 가는 선수다.

　운동을 좋아하다 보니 평소에 관심이 많다. 운동 경기 중계를 보게 되면 좋아하는 선수가 언제 나오는지 제일 먼저 찾아본다. 손짓이나 몸짓 하나에도 눈이 가는 것은 당연하다. 땀 흘리는 모습이 그렇게 좋아 보일 수가 없다. 힘든 줄도 모르고 열심히 뛰어다니는 걸 보면서 대리 만족을 느끼기도 한다. 어느 위치에 있어도 묵묵히 자기 역할에 최선을 다하는 모습에 박수를 보낸다. 한자리에 말없이 서 있는 나무처럼 자기 분수를 지키며 언제나 최선을 다하는 선수다.

"소리 없이 강하다."라는 광고 문구가 유행하던 시절이 있었다. 누가 알아주지 않아도 자기 할 일을 하는 사람을 보면 대단하게 느껴진다. 한두 번 정도로는 별일 아닌 것 같아도 반복해서 쌓이다 보면 빛이 나는 경우다. 물 한 방울도 처음에는 작고 보잘것없지만 모여서 강물도 되고 바닷물도 된다. 작은 힘이 뭉쳐서 큰 힘이 된다는 것을 새삼 느끼게 해 준다. 인생이란 것이 어차피 단거리 경주가 아닌 이상 짧은 시간에 이루는 성과는 별로 의미가 없다.

초등학교 다닐 때 직접 겪었던 일이다. 새 학기가 시작되면서 선생님께서 일기를 매일 쓰라고 하셨다. 사람은 일기를 써야 겸손한 마음이 생긴다고 늘 강조하셨다. 그러면서 가끔 일기장 검사를 하시고는 잘 쓴 사람은 공개적으로 칭찬을 했다. 나는 언제나 잘못 쓴 부분만 지적을 당했다. 나도 친구들처럼 한 번쯤은 칭찬을 들어 보고 싶었지만 내 재주로는 어림없는 소리였다. 언제나 칭찬 받는 친구들이 부러웠다.

뜻밖에 생각지도 못한 일이 생겼다. 선생님께서 학생들에게 지금까지 써 놓은 일기장을 모두 가지고 오라고 하셨다. 새 학기부터 일기를 쓴 지 몇 개월이 지났기 때문에 일기장이 서너 권 모였을 때다. 나는 비록 솜씨는 없지만 게으름 피우지 않고 꾸준히 일기를 썼다. 그런데 다른 사람은 몇 번 쓰다가 힘들다고 중간에 포기한 사람이 많았다. 내가 쓴 일기장이 제일 많았던 것 같다. 일기장 검사를 하고 나서 선생님이 내 이름을 불렀다. 하루도 빠지지 않고 열심히 썼다는 이야기를 했다. 선생님한테 처음으로 칭찬을 들었던 날이다. 친구들에게도 부러움을 샀던 기억이 난다.

아쉽게도 학교를 졸업하면서 일기 쓰기도 끝이 났지만, 나는 그때 그런 생각을 했다. 타고난 재주도 좋지만 노력하는 사람은 당하지 못한다는 생각이었다. 그때부터 한번 마음을 먹으면 아무리 어렵고 힘든 일이라도 끝을 보겠다며 실천에 옮겼다. 지금까지 살아오면서 정신적으로 많은 힘이 되었던 것 같다. 어떤 경우에는 다소 무모하다는 생각이 들어도 꾸준히 하다 보면 그대로 되었다. 말 그대로 "노력하면 안 되는 일이 없다."라는 속담이 가슴 깊숙이 자리 잡았다.

하지만 '독불장군식'으로 내 생각대로만 하다 보니 좋지 않은 단점도 생겼다. 경우에 따라서는 다른 사람의 말도 새겨들어야 하는데 그게 잘 안 된다. 항상 내가 옳다는 생각을 먼저 한다. 나는 노력도 안 하면서 힘들어서 안 된다는 말을 하는 사람이 제일 싫다. 빛 좋은 개살구처럼 핑계만 앞세우고 아예 해 볼 엄두도 안 내는 걸 보면 너무 안타깝다. 힘들다는 이유로 포기하라는 말을 들으면 이해가 안 된다. 소극적 사고방식이 나로서는 도저히 받아들이기 어려운 일이다.

어떤 사람은 언덕길이 나오면 옆으로 돌아갈 생각부터 한다.

조금만 힘들면 소나기는 일단 피하고 보자는 심정으로 외면하는 사람도 있다. 그런데 나는 생각이 좀 다르다. 미련할 정도로 한번 부딪쳐 보자는 도전 정신이 발동한다. 아무리 큰 바위가 가로막아도 우선 넘어갈 궁리부터 한다. 사람이 살다 보면 이런 일도 있지 하면서 숙명적으로 받아들인다. 그냥 아무렇지 않은 일도 되풀이되면 경험이 되고 나중에는 추억으로 남아서 가슴에 쌓인다.

언제나 꾸준하다는 말을 듣고 싶다. 내가 제일 좋아하는 말이다. 반짝하고 사라지는 선수보다 살아남은 자가 이기는 법이다. 그래서 '꾸준함의 대명사'라는 별명을 가진 그 선수가 좋다. 부상당하지 말고 오래오래 선수 생활을 했으면 좋겠다.

힘이 있어야 산다

세상에는 법보다 힘이 앞서는 경우가 많다. 힘이 있어야 자기보다 약한 상대를 잡아먹는 세상이다. 때로는 끔찍하게 보이지만 결국은 힘 있는 자가 살아남는다.

힘이 상징하는 것은 우선 주먹이다. 권투가 인기를 끌던 시절이 있었다. 손에 땀을 쥐고 시합을 지켜볼 때가 있다. 주먹만 가지고 힘을 앞세워 화끈하게 상대를 제압하는 장면을 보면서 선수처럼 흥분했던 기억이 난다. 힘만 있으면 안 되는 것이 없다고 여겼다. 땀과 눈물도 소중하지만 우선은 힘이 제일이라고 느꼈다. 두둑한 배짱과 맷집은 덤이다. 힘으로 상대방을 때려눕히던 유명한 권투 선수는 대중의 우상이었다. 그때는 주먹 센 사람이 제일 부러웠다.

사람은 일단 힘이 좋아야 한다. 나 역시 힘이 없어서 설움을 받은 적이 많다. 사춘기 때 몸이 약했다. 혹시라도 친구들과 다투게 되면 얻어터지는 날이 많았다. 말다툼이라도 해서 이겨 본 기억이 거의 없다. 그래서 분위기가 조금이라도 안 좋다 싶으면 빨리 피할 궁리만 했다. 겁이 많아서 맞붙어 싸운다거나 운동을 해서 힘을 키울 생각은 엄두도 못 냈다. 내가 힘이 없다 보니 권투 시합을 보면서 대리 만족을 느꼈는지도 모르겠다. 창피스럽지만 생각하기도 싫은 가슴 아픈 추억이다.

힘만 믿고 우리나라에 쳐들어오는 오랑캐가 있었다. 옛날에는 전쟁이 잦았다. 전쟁을 하기 위해 살았던 것 같은 생각도 든다. 역사책에 봐도 엄청나게 많은 전쟁 기록들이 남아 있다. 학창 시절 봄만 되면 소풍을 가는 장소가 있었다. 수업 시간에 배우는 교과서에도 이름이 나오는 유명한 동네다. 갈 때마다 국사 선생님께 많은 이야기를 들었던 살아 있는 교육 현장이다. 힘이 없으면 언제나 힘들고 어렵게 살았다. 교육을 받으면서 다시는 아픈 역사를 되풀이 말아야 하며, 나라도 힘을 길러야 한다는 생각을 했다.

힘이 없으면 뻔히 알면서도 당하는 경우가 많다. 법보다 주먹이 가깝다는 말을 종종 듣는다. 법이 있어도 힘 앞에서는 통하지 않는 경우가 많다. 우스갯소리 같지만 "언제는 법대로 살았나."라는 말이 있다. 나라도 힘이 없으면 잡아먹힌다. 우리도 나라를 뺏긴 적이 있다. 국가도 힘이 있어야 존재하는 것이다. 우리가 사는 세상도 그렇지만 동물들이 사는 세상이라고 다를 것이 없다. 힘만 앞세워 전쟁을 하는 날이 많았던 예나 지금이나 돌아가는 세상 이치는 똑같다.

힘겨루기는 지금도 진행 중이다. 휴전선을 경계로 허리가 두 동강 난 채 갈라졌다. 서로 먹고 먹히지 않기 위해 노려보고 있다. 조금만 틈을 보이면 무슨 봉변을 당하게 될지 모른다. 천안함 침몰 사건이나 연평도 해전은 좋은 본보기다. 눈만 뜨면 부르짖는 말이 '한 민족'인데 아무리 생각해도 안타깝다. 요즘 제일 화두가 소통인데 총부리 대신 대화로 응어리를 풀었으면 좋겠다. 우리도 독일처럼 통일이 되어서 하나로 뭉쳐 서로 마주보며 웃는 모습을 보고 싶다.

사무실 앞 화단에서 꽃구경하다가 우연히 평소에 볼 수 없는 희한한 광경을 보게 되었다. 사마귀가 벌을 잡아먹고 있는 모습이다. 두 발로 벌을 꽉 움켜잡은 채 뜯어 먹는 중이었다. 처음에 낚아채는 모습을 못 본 것이 아쉬웠지만 직접 약육강식의 생생한 장면을 목격했다. 아직도 숨이 붙어 있는지 팔다리가 움직이는데 이미 머리 부분은 뜯어 먹히고 없었다. 사마귀는 많이 먹어서 배가 불룩하다. 머리도 없는 벌이 불쌍했다. 좀처럼 볼 수 없는 장면을 보았지만 생존은 끔찍한 것이었다.

사마귀는 자신보다 힘이 약한 곤충을 잡아먹고 산다. 방학 때 곤충 채집을 하러 다니던 생각이 난다. 하루는 친구가 풀 죽은 목소리로 하소연했다. 여러 가지 다양한 곤충을 잡아서 같은 병에 넣어 놓았다. 하지만 나중에 보니 사마귀만 남아 있더라는 것이다. 사마귀가 곤충을 잡아먹는다는 사실을 미처 몰랐던 실수였다. 그런데 사마귀가 다른 곤충을 잡아먹는 모습을 내 눈으로 직접 본 것은 처음이다. 집에 와서 잠자리에 들어서도 포식자와 대조적인 벌의 머리가 지워지지 않았다.

언젠가 팔공산에서 보기 어려운 장면을 보았다. 까치와 뱀이 싸우고 있었다. 까치 두 마리가 뱀 한 마리를 상대로 죽기 아니면 살기로 벌이는 싸움이었다. 성난 뱀이 머리를 치켜들고 있으면 까치가 교대로 공격했다. 서로 돌아가며 뱀 머리를 쪼아댔다. 결국은 뱀이 죽어서 머리가 축 늘어졌다. 죽은 뱀을 까치가 와서 뜯어 먹었다. 처음에는 호기심으로 봤는데 끝나고 나니 섬뜩했다. 평소에는 순하게 보이던 까치가 달리 보였던 날이다.

아무리 먹이사슬 구조라고 하더라도 힘의 논리를 거역할 수는 없어 보였다. 머리도 없이 몸통만 남은 벌을 보면서 남북으로 허리가 잘린 우리 현실을 생각했다. 분단의 제일 큰 이유는 힘이 없었기 때문이다. 결국은 힘이 있어야 산다는 걸 하잘 것 없는 미물인 사마귀에게 제대로 배운 것 같다.

무궁화의 날

8월 8일은 무궁화의 날이다. 그런데 지금까지 미처 모르고 있었다. 우리나라 꽃이라고 하면서 제대로 알지 못했다.

무심코 인터넷 검색을 하다가 무궁화의 날이 있다는 사실을 알았다. 처음에는 이게 뭔 소린가 싶어서 눈과 귀를 의심했다. 몇 번이나 눈을 비비면서 확인한 끝에 제대로 알 수가 있었다. 늦었지만 정말 다행스러운 일이고 자축해야 할 경사스러운 날임을 알았다. 우리나라 꽃인데 기념일도 없고 축제를 여는 일도 없었다. 지역마다 많은 꽃 축제가 열린다. 그렇지만 무궁화 축제를 연다는 소리는 들은 적이 없다. 안타깝지만 이것이 우리의 현실이다.

우리나라는 방방곡곡에 무궁화가 많아 무궁화 나라가 되었다. 삼천리강산 어디를 가더라도 무궁화 천지였다. 그런데 언젠가

부터 무궁화는 천덕꾸러기 신세가 되고 말았다. 주인 행세를 제대로 못하는 불행한 시절이 있었다. 나라를 뺏기면서 꽃도 나무도 설 자리를 잃었다. 수난의 역사가 마음 아파서 지금이라도 살뜰하게 보듬어 줘야 하는데 그렇게 하지 못했나. 애국가 가사에도 나오는데 뻔히 보면서도 관심이 없었다. 가슴 아픈 역사를 미처 알고 싶은 마음도 없고 알려고도 하지 않았다. 늦은 감이 있지만 이제 부터라도 정을 붙이고 관심을 가져야 되겠다는 생각을 해본다.

어릴 때 살던 집 마당에 무궁화 나무가 있었다. 꽃 색깔이 두 가지 있었는데 흰 꽃을 더 좋아했던 것 같다. 덕분에 매일 보면서 자랐는데 의미도 모르지만 그때가 좋았다. 그 당시만 해도 주위에 무궁화가 흔했다. 너무 흔해 나라꽃의 의미에 대해서는 별 관심이 없었다. 국화에 대한 적극적이고 제도적이며 특별한 홍보가 없었다. 노래 가사처럼 지속적으로 피고 지는 의지의 꽃이라는 생각만 했다. 한번 피었다가 시들면 생명이 끝나는 다른 꽃과는 다르게 수명이 길다는 정도만 알고 지냈다.

한때 마라톤에 푹 빠져 지낸 적이 있다. 당시는 운동이 내 생활의 전부였다. 그 시절 아침마다 운동하러 다니는 학교 울타리에 무궁화가 있어서 매일 보고 다녔다. 여름만 되면 보고 싶은 마음에 손꼽아 기다리기도 했다. 그 때 무궁화는 나에게 많은 힘이 되어 주었다. 시들어서 지고 없겠지 싶으면 언제 그랬느냐는

듯이 새로 탐스러운 꽃송이가 피어 있었다. 아무리 힘들어도 포기하지 말라며 응원을 해 주는 것 같아 위로가 되었다. 뛰다가 힘들면 무궁화를 보면서 용기를 얻었다. 끝없이 피고 지는 무궁화와 끝까지 포기하지 않는 마라톤 선수의 투지가 서로 닮았다는 생각이다.

무궁화는 무궁무진의 상징이다. 줄기차게 피어나는 생명력이 경이롭다. 잦은 외세의 침입에도 굴하지 않는 우리 민족성과 딱 맞다. 우리는 수없이 외침을 받으면서도 면면히 역사를 이어 왔다. 무궁화를 똑 닮았다. 무궁화의 날을 정한 것도 절로 고개가 끄덕여진다. 꽃잎 생김새가 그렇고, 이 8이라는 숫자를 옆으로 눕히면 선이 맞물린 무한대다. 끝나지 않는 영원한 숫자를 두 번이나 겹쳐 놓았다. 가도 가도 끝이 없는 숫자처럼 민족 정신도 변하지 않기를 바란다. 우리 역사도 무궁화와 함께 대대손손 창대하게 이어지리라 믿는다.

무궁화의 날은 어린이가 정했다고 한다. 그 발상이 참으로 놀랍다. 나라 사랑하는 마음이 얼마나 간절했는지 어른들이 부끄러워할 일이 아닐 수 없다. 계란 모서리를 깨서 똑바로 세우는 것처럼 생각을 조금만 바꾸면 세상이 달라지는 경우가 많다. 기념일이나 축제가 없어서 안타깝다는 생각만 했지 나는 고정관념의 틀을 벗어나지 못했다. 자라나는 새싹들의 진취적인 사고 방식은 우리나라의 장래가 밝다는 것을 의미한다. 늦었지만 나의 삶도 고정관념의 틀을 벗어나 적극적인 자세로 바뀌어야 함을 깨닫는다.

마침 대구에서 무궁화 축제가 열렸다. 진즉 열었으면 좋았을 것으로 생각하면서 기대 반 호기심 반으로 행사장을 찾았다. 국채보상공원에서 열리는 행사였다. 무궁화를 심은 화분을 길게 늘어놓고 다채로운 행사를 벌이고 있었다. 무궁화 꽃이 많아서 그런지 평소에 보던 공원과는 달라 보였다. 무엇보다도 무궁화 꽃에 숨어 있는 많은 사실을 알 수가 있었다. 조용한 아침을 좋아하는 성격부터 우리 민족성과 닮은 데가 많다는 사실이 신기하기만 했다. 왜 나라꽃이 되었는지 깊이 있게 알게 된 뜻깊은 시간이었다.

달력에 표기된 많은 기념일이 다 의미가 있지만 8월 8일 무궁화의 날 제정은 참으로 뜻깊은 의미가 있다. 무궁화는 우리나라 꽃이 민족정신을 상징한다. 반짝하고 꼬리를 감추고 사라지는 일회용 축제나 기념일은 의미가 없다. 장기적인 홍보와 적극적이고 제도적인 장치를 마련해서 민족정신을 바로 세우고 자손만대 유구히 기억할 수 있는 기념일이 되었으면 좋겠다.

베개

편백나무 숲에 가서 베개를 샀다. 편백나무를 깎아서 만든 나무 베개다. 이미 지난 일이지만 나무 베개를 보니 불현듯 한 생각이 떠오른다.

어릴 때 살던 시골집에 목침이라고 부르는 나무로 만든 베개가 있었다. 그 베개는 다른 누구도 손대지 못했다. 아버지만 사용하는 베개였다. 밤에 주무실 때 사용하는 베개는 따로 있었고 목침은 나른할 때 낮잠을 자거나 잠깐 휴식을 취할 때 쓰는 베개였다. 목침은 그 흔한 베개 피도 한번 씌우지 않았지만 아버지는 그 베개를 애지중지 곁에 두고 소중히 여겼다. 혹 손이라도 댈까 싶어서 사람 손이 닿기 어려운 구석진 곳에 보관했다.

목침이 뭐가 좋은지 궁금해서 아버지 몰래 베고 누워 본 적이 있다. 목침을 베고 한참 있었더니 딱딱하고 머리만 아팠다. 왜 목침을 좋아하는지 좀처럼 이해하기 어려웠다. 어머니께 물어 보았더니 다음부터는 손대지 말라는 꾸지람만 했다. 아직 머리가 여물지 못해서 그렇다고 하면 되는데, 그런 말은 한마디도 안 했다. 이유가 뭔지 궁금해서 물어보기라도 하면 나중에 알게 된다는 판에 박힌 말뿐이었다. 한번 싫증을 느끼니까 무겁고 딱딱하기만 했던 나무 베개가 보기도 싫었다. 그때 이후로는 나무 베개를 베고 잔 일이 없다.

베개 내용물로는 왕겨나 톱밥을 주로 쓴다. 주위에서 재료를 쉽게 구할 수 있어서 그런 것 같다. 편백 베개는 속에 든 내용물이 전부 편백나무를 일일이 깎아 넣은 것이다. 구슬처럼 보기 좋게 둥글둥글하게 만들어 넣었다. 만져 보면 뽀드득 소리가 나는 것이 꼭 염주 만지는 기분이 난다. 목침 하고는 달리 둥글게 깎아서 머리가 아플 일도 없다. 편백 베개를 보면서 예전에 목침도 둥글게 깎았으면 좋았을 것 같다는 생각을 하기도 했다. 그때는 왜 그런 생각을 안 했는지 모르겠다. 진즉 생각을 했으면 머리도 안 아프고 정을 듬뿍 쏟을 수도 있었을 텐데 왠지 허전하다.

편백 베개는 목침하고 달라서 베개 피도 있는데 베개 피에 수를 놓았다. 수를 놓은 그림이 예쁘고 앙증맞다. 누구 솜씨인지는 몰라도 정성이 듬뿍 담긴 것 같아서 보기가 좋다. 솜씨를 보니 그림이 좋아서 꼭 하나 사고 싶었다. 목침이라서 베개 피 생각을 안 했는데, 견물생심이라고 물건을 보니 엉뚱한 데 먼저 시선이 간다. 평소에 즐겨 보는 '진품명품'이라는 프로그램이 있다. 그때 자주 볼 수 있는 십장생 그림이다. 아직 손때가 안 묻은 작품이라 골동품과 비교하기는 어렵지만 은근히 호감이 간다. 편백 베개도 정을 붙이고 오랜 세월이 지나면 골동품과 진배없을 것이다.

숲에 간다니까 지인이 베개를 하나 사 오라고 했다. 잘 때 베고 자면 몸에 좋다고 했지만 처음에는 시큰둥했다. 편백 베개가 아니라도 좋은 베개 많은데 굳이 사고 싶다는 생각은 없었다. 그런데 현장에 직접 와서 생각해 보니 이것도 기념품이 되겠구나 하는 생각이 들었다. 평소 기념품 가게에 가면 대충 둘러보고 나오는데 편백 베개에 정신이 팔려서 꼭 사야겠다는 마음을 먹은 것은 처음이다. 어쩌면 우연을 가장한 운명처럼 여겨졌다. 작고 앙증맞은 편백 베개는 그렇게 내 잠자리의 동반자가 되었다.

베개는 생활필수품 가운데서도 가장 중요한 물건이다. 하루라도 없으면 불편하기 짝이 없다. 베개가 없으면 숙면에 지장이 생긴다. 아버지가 즐겨 쓰는 딱딱한 목침을 베고 자면서도 없는 것보다는 낫다는 생각을 했다. 언제나 머리맡에 있기 때문에 어떤 물건보다도 애착이 갔으리라. 그런데 베개 피에는 보통 한 쌍으로 된 기러기 그림이 많다. 일반적으로 살림살이에는 십장생 그림을 많이 쓰지만 베개는 조금 다르다. 많은 사람이 금실이 좋은 원앙이 되기를 바라기 때문이다.

잠을 잘 때는 한 사람이 하나씩 따로 베고 자는 것이 보통이다. 간혹 방송을 타는 샴쌍둥이처럼 머리가 붙은 사람도 있지만 머리는 하나밖에 없기 때문이다. 그런데 요즘은 길쭉하게 생긴 2인용 베개도 나온다. 지인에게서 2인용 베개를 선물로 받은 적이 있다. 생일 선물로 받았는데 꽤 오랜 시간이 지났지만 아직 한번도 사용한 적이 없다. 사용할 기회가 전혀 없었다. 그래서 안타깝다. 주인을 잘못 만나 세상 구경도 못하고 이불장 속에서 휴식만 취하고 있다. 빨리 밝은 세상을 보고 싶다며 하소연을 하는 것 같은 생각이 든다. 얼른 써 보고 싶다는 생각은 많이 하지만 사용을 못 해서 더 아쉽다.

편백 베개의 인기는 향 때문이다. 나무에서 뿜어내는 피톤치드라는 물질이 있어서 그렇다. 한때는 참살이 바람을 타고 많은 인기를 끌기도 했다. 일행들과 향내를 맡으며 숲길을 자주 걸었다. 마냥 좋아서 걷지 않고는 못 배길 것 같은 생각이 들었다. 처음 나무를 심었다는 독립가가 얼굴도 모르는 천사같이 느껴진다. 숲이 좋은 이유를 조금 알 것 같기도 하다. 처음에는 목재보다 향이 좋아서 가꾼 숲인데 나무가 베개로 탈바꿈했다. 향보다는 차라리 베개가 효자 노릇을 한다. 숲을 보러 왔는데 마음속에 베개만 담아 간다.

살아 생전에 선물 한번 사다 드린 적도 없는데 뜬금없이 아버지가 생각난다. 지금도 아버지는 목침을 베고 누워 계시는 것은

아닐까. 늦게나마 편백 베개를 하나 구해 드리고 싶다. 저승에서
라도 편한 베개 베고 편히 주무셨으면 좋겠다.

2
집들이

무릎

　무릎이 아파서 병원에 갔다. 의사가 진찰을 해 보더니 진즉 와
야 하는데 너무 늦게 왔다고 한다. 마음은 내키지 않았지만 입원
을 하고 수술까지 받았다.

　건강을 위한답시고 무리하게 운동을 했다. 처음에는 아침 달
리기로 시작을 했는데 건강 달리기가 발전해서 마라톤을 완주
하기에 이르렀다. 누구 못지않게 열심히 했다고 자신 있게 말할
정도로 푹 빠져 지냈다. 눈만 뜨면 마라톤 생각뿐이었다. 내 인
생에 마라톤이 없으면 세상 살 맛이 안 날 것 같았다. 동호회 회
원들이 많았지만 나보다 운동량이 많은 사람은 없어 보였다. 마
라톤이라면 밤에 자다가도 벌떡 일어났던 기억이 난다. 그때의
몰입은 스트레스를 풀어 주고 행복을 선물해 주었다.

　어머니는 무릎 건강이 안 좋았다. 무릎이 아파 온갖 고생을 하

셨다. 계단이나 오르막길을 만나면 엄청 힘들어 하셨다. 나는 옆에서 지켜보면서도 어떻게 할 수 없어 참 안타까워만 했다. 어린 마음에도 대신해서 아파줄 수가 없는 것이 원망스러웠다. 무릎이 건강했을 때 어머니는 얼마나 걸음이 빠른지 날아가는 것만 같았다. 그랬는데 무릎이 아픈 이후에는 거북이처럼 걸음이 늦었다. 우리집은 지대가 높아 고생을 더 많이 했다.

동촌에는 금호강 둑길이 조성되어 있다. 길게 뻗은 강둑은 달리기 코스로 안성맞춤이다. 마침 직장이 방촌동에 있었는데 근무가 끝나면 운동복으로 갈아입고 둑으로 나갔다. 많은 시민이 즐겨 찾는 휴식처가 가까운 곳에 있는지 몰랐다. 처음에는 학교 운동장에 가야만 되는 줄 알았는데 우연히 강둑에서 운동하는 사람을 만났다. 나도 재미삼아 둑에서 뛰어 봤는데 운동장보다 지루하지 않아서 좋았다. 강바람을 맞으면서 달리는 순간은 세상에 부러울 것이 없었다.

어머니가 무릎이 아파서 고생을 한 건 아버지 영향이 컸다. 아버지는 벌목 일을 했는데 여름에는 일이 없었다. 늦봄부터 초가을까지는 나무가 한창 자라는 시기라 벌목 허가가 나지 않았다. 집안 형편이 어렵다 보니 어머니가 아버지 대신에 일해야만 했다. 남의 밭에서 김도 매고 산성에 있는 식당에 가서 허드렛일도 하러 다녔다. 당시 활쏘기 연습장이 있는 산성에서 식당을 하는 사람이 있었는데 그곳에 자주 갔다. 막상 식당일도 일이지만 가파른 산성에 오르내리는 것이 더 힘들었다.

운동을 하다가 보면 힘든 경우가 많다. 체력이 없으면 정신력으로 뛰고 부상을 당해도 악으로 뛰기도 한다. 어지간한 통증은 참는 것이 미덕이라고 생각할 때도 있었다. 그것이 병을 키운 원인이었다. 결국은 병원에 가서 미련하다는 말을 들었다. 뛰면서 돌멩이를 밟았는지 무릎이 움찔했는데 그것이 시초였던 것 같다. 가끔 통증이 있어도 뛰다가 보면 그럴 수 있다고 무시했다. 병원에 가서 진찰할 생각은 아예 없었다. 참다 보면 괜찮겠지 하며 안일하게 대처했다. 지금 생각하면 의사 선생님 말대로 어리석고 미련한 짓이었다.

어머니는 평생을 자식들만 바라보고 살았다. 병원이라는 말은 입 밖에도 내지 못하게 했다. 당장에 끼니가 걱정이다 보니 치료하겠다는 생각 자체가 호강으로 여기는 눈치였다. 무릎이 아파 고생고생하던 어머니를 병원에 한번 모시고 가지 못한 것이 두고두고 후회된다. 당신 몸은 돌볼 생각도 안하고 자식들을 위해 제대로 쉬지도 못한 채 일만 하셨다. 적잖은 식구들이 어머니만 의지하고 살았다.

무릎이 아프기 전에는 건강만큼은 자신이 있었다. 그래서일까. 평소에 몸으로 때우지 뭐 하는 말을 자주 했다. 건강하다는 이유로 몸을 너무 혹사했다. 몸이 아프면 빨리 병원부터 가 봐야 한다는 평범한 사실을 늦게야 알게 되었다. '가까이 있을 때 잘

해'라는 노래 가사도 있는데 몸은 건강할 때 잘 챙겨야 한다. 내 몸은 내가 알아서 챙겨야 한다는 사실을 뒤늦게 깨달았다. 무릎이 고장 나서 걸음도 제대로 못 걸을 정도가 되어서야 병원 신세 지는 어리석음을 어찌 표현할 수 있으랴. 뭐니 뭐니 해도 역시 건강이 제일이라는 사실을 새삼 깨닫게 되었다.

뭐든지 정도가 지나치면 오히려 독이 되는 법이다. 적당히 하면 달리기만큼 몸에 좋은 운동도 없다. 내가 제일 자신이 있는 것도 달리기였다. 그런데 너무 좋아하다 보니 야속하게도 달리기 때문에 무릎이 망가졌다. 건강상 좋다는 생각에 앞뒤 분간도 못 한 채 미로 속에서 헤맨 것 같은 기분이다. 그래도 운동을 할 때 나쁜 것보다는 좋은 것이 더 많았기에 그나마 위로가 된다. 시간을 거꾸로 되돌릴 수만 있다면 강촌 둑에서 즐겁게 뛰어다 녔던 그 시절로 돌아가고 싶지만 이제는 꿈같은 이야기다.

수술을 받고 병실에 누워 있으니 무릎이 아파 고생하시던 어머니가 떠올랐다. 당신은 가족 때문에 무릎이 고장 났는데 나는 내 실수로 고장이 났다. 무릎이 아파 고생하던 당신을 보면서 안타까워만 했을 뿐 병원 치료 한번 제대로 시켜 드리지 못한 것이 못내 마음에 걸린다. 요즘같이 의술이 좋은 때 어머니 무릎을 고쳐 드렸으면 얼마나 좋아하실까.

띄어쓰기

    작품 합평이 끝난 후에 같이 공부하는 선생님에게 부탁을 받았다. 문서 입력기로 자동 맞춤법 검사를 해 보면 붉은 줄이 많이 보이는데, 그게 생기지 않게 해 달라고 한다. 띄어쓰기를 제대로 못해서 생긴 일이다. 옆에서 보고만 있기가 꽤 답답했던 모양이다. 글공부를 하다가 보니 이런 일도 다 생긴다.

    학교에 다닐 때도 국어 시간에 제일 자신 없는 것이 띄어쓰기였다. 받아쓰기는 해 보면 그런 대로 점수도 잘 나오고 자신이 있었다. 그런데 띄어쓰기는 제대로 된 적이 별로 없었다. 자신이 없다 보니 관심도 없어서 확실하게 배우지 못한 것이 아쉽기만 하다. 맞춤법 규정에 보면 알 수가 있는데 공부할 생각도 안했다. 받아쓰기는 자신 있었지만 띄어쓰기는 영 젬병이었다. 자신이 없는 건 지금도 현재 진행형이다. 이제라도 관심을 가지고 싶다.

공부와 담을 쌓고 지낼 때는 아무 상관이 없었다. 그랬는데 글 공부를 하면서 매일 같이 글을 쓰다가 보니 상황이 달라졌다. 글 쓰기는 선택이 아닌 필수가 된 지 이미 오래되었다. 자신이 없다 고 언제까지 외면할 수가 없다. 아끼고 보듬어야 한다. 그것만이 내가 할 수 있는 일이고 꼭 해야 할 일이다. 기초반에서부터 많 이 듣던 말이 있다. 띄어쓰기만 잘 해도 글이 몰라보게 달라진다 는 말을 수도 없이 들었다. 그때는 예사로 들었는데 이제야 귀가 번쩍 뜨인다. 늦게나마 깨닫게 되어서 그래도 다행이다.

대부분은 맞춤법에 맞게 글을 쓰지만 유독 나만 띄어쓰기가 어렵다. 원인이 뭔지 곰곰이 생각해 보게 된다. 아무래도 글을 쓰려는 성의가 부족한 것 같다. 좋은 작품을 쓰겠다는 생각보다 는 많이 쓸 생각만 했다. 띄어쓰기와 교정 시간을 투자하기가 아 깝다는 생각이었다. 그런 시간이 있으면 글을 몇 줄이라도 더 쓸 수가 있는데 검사할 시간이 없다는 핑계만 댔다. 이제는 생각을 바꾸어야 한다. 많이 쓰는 것도 좋지만 띄어쓰기를 잘 하는 것도 중요한 일이다.

수문대에서 글공부를 시작한 후에 첫 글을 올린 기억이 난다. '코스모스 꽃길'이라는 글인데 제일 많이 지적받은 내용이 띄어 쓰기였다. 그 가운데서도 같이 운동했던 사람이 달아 놓은 댓글 이 잊히지 않는다. 마라톤은 쉬지 않고 결승선까지 뛰어야 하지만 글쓰기는 다르다. 중간에 띄엄띄엄 띄어 써야 할 데가 많다. 그래야 맛이 난다. 미처 몰랐던 사실을 깨우쳐 주는 좋은 말이었다. 그런데도 자기 버릇 남 못 준다고 쉽게 고치지 못했다. 늦게야 철드는 아이처럼 이제라도 노력을 해야 하겠다.

수업 시간에 기초 문법에 대해서 잠깐 배운 적이 있다. 좀 더 많은 시간을 배웠으면 좋겠다는 생각이 들었다. 하지만 국어 시간이 아니라서 그게 너무 아쉬웠다. 수문대 특성상 창작 시간 비중이 제일 컸다. 혼자서라도 따로 공부를 해야 하는데 힘들다는 이유로 등한시했다. 이제 와서 아쉽다는 생각이 들지만 지나간 시간은 어쩔 수가 없다. 글공부를 포기할 수 없듯이 문법 공부도 마찬가지다. 공부는 끝이 없어서 아직 모르는 것이 많다. 속에 알맹이를 채우는 심정으로 더욱 신경을 쓰고 싶다.

언젠가 작품 토론을 하면서 맞춤법 검사기 사용에 대해서 이야기를 들었던 생각이 난다. 그때 조금만 귀를 기울여서 들었으면 좋았을 텐데. 글만 많이 쓰면 띄어쓰기 정도는 문제가 안 된다는 생각이었다. 그렇게 생각을 하다 보니 강 건너 불구경하듯 하면서 신경도 안 썼다. 꼭 남의 집 자식처럼 천덕꾸러기 같은 취급만 했다. 눈에 넣어도 아프지 않을 만큼 아끼고 쓰다듬어야 하는 내용인 줄 몰랐다. 이제라도 알아서 다행이다. 띄어쓰기도 맞춤법 하고 똑같이 중요한 글쓰기의 밑천이다.

늦었지만 도구 사용법에 대해서 다시 배웠다. 조금만 관심을 두면 글이 달라지는데 생각이 짧았다. 괜스레 귀찮고 어렵게 느꼈다. 어쩌면 아예 쳐다볼 생각도 안했던 것 같다. 생각을 고쳐 먹으니 전혀 다른 느낌으로 다가온다. 처음 보는 것처럼 생소하기만 해서 눈을 비비고 쳐다보기도 한다. 이제는 결코 외면할 수가 없는 띄어쓰기다. 맞춤법하고는 쌍둥이처럼 같이 있어야만 더욱 빛이 난다. 떨어질 수가 없는 한 몸이 되어야 제대로 된 글이다.

수필을 인생의 동반자로 생각한 지도 시간이 꽤 지났다. 수필이 숲이라면 띄어쓰기나 맞춤법은 숲 속에 사는 나무 같은 존재다. 건강한 몸을 유지하기 위해서는 신체 가운데 소중하지 않은 게 없다. 팔다리가 제대로 기능을 해야지 하나라도 잘못되면 그만큼 고생을 하게 된다. 장애인들을 보면 금방 실감이 난다. 글도 마찬가지다. 맞춤법이나 띄어쓰기가 바르지 않으면 장애인처럼 제대로 된 글이 못 된다. 좀 더 신경을 써서 마음에 드는 글을 한편이라도 남길 수 있었으면 좋겠다.

생각을 조금만 바꾸면 작품이 다르게 보인다는 걸 미처 생각 못 했다. 글을 쓴다는 생각만 했지 바르게 쓸 생각을 안 했다. 뒤돌아보니 미리 깨닫지 못한 것이 안타깝다. 나의 결점을 지적해준 선생님을 만난 것은 행운이었다. 혹 상대가 기분 나쁘게 생각할까봐 웃으면서 가르침을 주던 선생님이 너무 고맙다.

개명

이름 때문에 마음고생을 많이 했다. 발음하기가 어렵기 때문이다. 혹시라도 누가 물어보면 퍼뜩 대답을 못한다. 그래서 오랜세월을 고민한 끝에 개명하기로 마음을 먹었다.

이름은 첫째로 부르기가 좋아야 한다. 부르고 듣기 편해야 좋은 이름이다. 이름에 의미를 붙여서 풀이하는 사람도 있지만 뜻풀이보다 어감이 좋아야 한다. 언제 어디서나 쉽게 술술 나와야 하는데 내 이름은 그렇지 못했다. 나 역시 이름을 제대로 발음해 본 경우가 별로 없다. 그래서 한 자씩 끊어서 이야기하는 일이 많다. 그렇게 하지 않으면 금방 못 알아듣는다. 전화를 받으면 내 목소리를 몰라서 누구인지 두 번 세 번 확인하는 사람이 많다.

평소에 섭섭하게 여기는 건 처음부터 이름이 잘못됐다는 사실이다. 출생 신고 과정에서 착오가 생겨 호적에 기록이 제대로 안 됐다. 여태까지 삐딱한 이름을 가지고 살다 보니 정신적으로 손해를 많이 봤다. 당장 겉으로 드러나는 건 없어도 늘 걱정이다. 친구들한테 놀림을 받은 적도 있는데 이름 때문에 불만이 많다. 코흘리개 초등학교 신입생 시절 가슴 아픈 추억도 있다. 처음 이름을 배울 때 집에서는 잘 썼다고 해서 좋아했다. 그런데 학교에서 자기 이름도 하나 제대로 못 쓴다고 선생님한테 꾸지람을 들었던 기억이 난다.

우리는 김해 김씨 성을 쓰는데 이름이 석용이다. 그런데 호적상 쓰는 이름이지 내가 알고 있는 내 이름이 아니다. 본래 이름은 성용이다. 가운데 글자가 이룰 성자인데 클 석 자로 변했다. 언뜻 보기에는 비슷해 보이는데 부를 때는 발음이 전혀 다르다. 어릴 적 고향에 살 때는 면 소재지가 무척 멀었다. 그래서 아버지는 동네 사람이 장에 가는 날 출생신고를 부탁했는데 그게 실수였다. 부탁받은 사람이 출생 신고를 하면서 기억이 똑바로 안 나니까 대충 비슷하게 적어 놓았다. 잘못된 줄도 모르고 있다가 초등학교에 입학하는 날 알게 됐지만 이미 때는 늦었다.

학교 다닐 때 아버지에게 고쳐 달라고 했더니 마음대로 안 된다는 말뿐이었다. 그때는 호적 정정을 하는 일이 쉬운 게 아니었다. 나는 내 잘못도 아닌데 내가 왜 손해를 봐야 하는지 늘 불만이었다. 아버지도 실수는 인정하지만 이미 엎질러진 물이라서 전혀 손을 쓰지 못했다. 어쩌면 방법이 아예 없었는지도 모른다. 그 당시에는 사회 분위기가 그랬다. 주위에 이름이나 생년월일이 제대로 기록 안 된 사람이 엄청나게 많았다. 그러다 보니 잘못된 이름도 운명으로 여기고 부둥켜안은 채 살아야 하는 줄 알고 지냈다.

가슴 한구석에는 기회만 있으면 개명하겠다고 다짐했다. 기다리다 보면 내게도 한 번쯤은 기회가 오리라 믿었다. 물론 쉽사리 기회가 찾아오는 건 아니다. 그러다 보니 여태까지 끌어안고 살았다. 이름 이야기만 하면 항상 내가 아닌 다른 사람이 되지만 모르는 사람은 관심이 없다. 그게 어쩌면 당연한지도 모른다. 아무도 상관이 없는 나 혼자만의 마음고생이었다. 미루기만 하다가 진작 못 고쳐서 손해가 많았다.

같이 근무하는 직원이 개명했다고 한다. 그 말을 듣는 순간 마음속으로 '어 이거 봐라 세상에 이런 경우도 있구나.'라는 생각이 들었다. 안 그래도 이름 때문에 고민이 많았는데 미처 몰랐던 사실을 알게 되었다. 걱정만 했지 무슨 방법이 있는지 찾아볼 엄두도 못 냈다. 조용히 시간을 내서 물어 봤는데 별것도 아닌 걸 왜 나만 몰랐을까 하는 기분이 든다. 그 직원이 꼭 구세주 같다.

개명하기로 단단히 마음을 다잡았다. 고쳐야 한다는 생각만 했지 어떻게 해야 하는지 몰라서 지금까지 허송세월을 보냈다. 그런데 막상 마음을 정하고 나니 이름이 문제다. 옥편에 찾아봐도 마음에 드는 이름이 안 보인다. 고민 끝에 작명소를 찾았다. 쑥스럽지만 늦은 줄 알면서도 용기를 내었다. 그렇게 해서 지은 이름이 진용이다. 늦게나마 복을 많이 받으라는 뜻에서 복 받을 진 자를 넣고 용자는 진 자에 어울리는 연꽃 용지로 바꾸어서 작명을 받았다. 새로 지은 이름이 마음에 든다.

부르기 쉬운 새 이름이 생겼다. 이름은 최소한 만 번 이상 불러야 진짜 내 이름이 된다고 한다. 아직은 생소하지만 자꾸 마음에 새겨야 하겠다. 눈을 조금만 옆으로 돌리면 간단하고 좋은 방법도 있는데 너무 힘들게 먼 길을 돌아온 것 같은 느낌이다. 이름 때문에 마음고생을 한 기억을 떠올리면 억울한 감정이 앞선다. '진작 바꾸는 건데' 하는 생각이 든다. 세상에 산다는 게 다 그런가 보다. 새 이름은 영원히 간직해야 할 기분 좋은 또 다른 내 모습이다. 앞으로는 내 인생도 희망이 보이는 것 같아서 마음이 놓인다.

나도 이제 내 이름을 쉽게 부를 수 있게 되었다. 그게 제일 마음에 든다. 이름은 역시 부르기 좋아야 좋은 이름이다. 진작 바꾸지 못한 게 아쉽지만 이제라도 제대로 된 이름이 생겨서 그나마 다행이다. 아직도 남은 인생이 많다. 또 어떤 일이 생길지 모르지만 생각지도 못했던 반가운 개명이다.

무학산

틈만 나면 무학산을 찾는다. 동네 끝자락에 있는 대나무 숲을 지나면 낯익은 오솔길이 나오는데 여기서부터 무학산이다. 아기자기하게 생긴 정겨운 모습처럼 여러 가지 좋은 추억이 있는 곳이다.

처음부터 무학산을 좋아한 것은 아니었다. 무학산은 별로 크지 않은 산이다. 산이라기보다 야트막한 언덕에 가깝다. 동네 앞쪽에서 보면 높은 건물에 가려서 잘 보이지도 않는다. 그래도 산속에 들어오면 정말 잘 왔다는 생각이 든다. 오솔길에서는 제일 먼저 청설모를 볼 수가 있다. 상수리나무가 많아서 청설모가 유난히 많은 것 같다. 도토리를 물고 나르는 모습을 보면 참 앙증맞고 귀엽다. 그다지 높은 산이 아니라도 정상에 오르면 성취감을 맛볼 수도 있다. 자꾸 찾다 보니 정이 들어서 꼭 고향에 온 것 같은 기분이 든다.

무학산은 산세가 고향 뒷산과 많이 닮았다. 시골에 살 때도 집 뒤가 바로 산이었다. 아버지가 분가해 나와서 산을 깎아 내고 지은 집이었다. 대나무 숲은 집 울타리가 되었고 친구들과 대나무를 꺾어서 여러 가지 놀이 기구를 만들어 놓았던 기억이 난다. 산업화에 밀려서 고향을 떠났지만 고향 하면 제일 먼저 떠오르는 것이 집 뒤에 있는 산이었다. 고향 뒷산에도 상수리나무가 많아서 어머니와 도토리를 주우러 다니던 추억이 고스란히 남아 있다. 타향살이하면서 늘 생각나는 고향처럼 무학산도 따뜻한 정이 녹아 있는 곳이다.

산에 가게 되면 꼭 우리 집을 지나가야만 했다. 집이 동네 끝에 있었는데 산으로 가는 길목이었다. 집 뒤에 있는 대나무 숲은 절 입구에 있는 일주문처럼 경계선 역할을 했다. 덕분에 또래 친구들이 일단 모여서 가는 집합 장소였다. 산에 가면 항상 우리 집이 제일 먼저 눈에 들어온다. 산꼭대기에 서면 동네가 한눈에 보여서 이유도 없이 좋았다. 산은 베풀어 주는 것이 많다. 우리한테는 무엇보다 좋은 놀이터였다. 계절 따라 순간순간 달라지는 풍경이 새롭다. 무학산도 고향을 닮아서 옷을 새로 갈아입는 것 같다.

시간이 있을 때마다 산을 찾는 것이 취미다. 본래 산을 좋아하다 보니 어디를 가더라도 산에 대해서 제일 관심이 많다. 한때는 산에 미쳐서 명산이라면 정신없이 찾아다니던 시절도 있었다. 덕분에 이름만 들어도 어디 있는 산인지 대충 알만큼 많이 다녔다. 방송대 재학 시절 동아리에 가입해서 한때는 산에 가는 재미로 청춘을 보내기도 했다. 선후배 친구들과 많은 추억을 쌓을 수 있어서 즐거워했던 시절이었다. 무학산도 그중에 하나다.

이사할 때도 주위에 산이 있는지 습관적으로 챙겨 본다. 어려서부터 유난히도 이사를 자주 다녔다. 고향을 떠난 이후로는 집이 없어서 정이 들 만하면 이삿짐을 싸야만 했다. 어지간하면 이사는 피하려고 하지만 사는 것이 어디 마음대로 되는가. 대구에 와서 주로 산 밑에서 살았다. 안지랑이 골이며 달비골도 산이 있기에 그곳에서 살았다. 집은 마음에 들지 않았지만 산이 가깝다는 이유로 이사 갔던 경험이 있다. 산이 많다 보니 무학산도 그렇고 언제나 산이 따라다니는 것 같은 생각이 든다.

최근 직장이 무학산 가까운 곳에 있다. 체력 단련 삼아 건강을 이유로 평소에 자주 간다. 동네를 병풍처럼 감싸고 있어서 언제 가도 포근하다. 굽은 소나무가 선산을 지키는 것 같이 언제나 한결같은 모습으로 반겨 준다. 그런 이유 때문에 시간을 내서 산책을 다닌다. 직장 가까운데 산이 있다는 것이 얼마나 큰 축복인가. 좋은 휴식 공간이기도 해서 사랑받는 산이다. 늘 건강하게 지내는 것도 무학산 덕분이라고 생각을 한다.

무학산이라는 이름은 참 신령스럽다. 산 입구에 안내판에는 한 가지 설화가 적혀 있다. 산봉우리가 마치 학이 날아가는 형상이라서 생긴 이름이라고 한다. 그런데 지금은 세월에 밀려서 모습이 변했는지 아무리 봐도 학 하고는 별로 닮은 것 같지 않다. 또 하나는 이름과 다르게 꿩이 많다고 해서 다른 이름으로도 불렸던 역사가 숨어 있었다. 아쉽지만 무학산에서는 그렇게 많은 발품을 팔았지만 아직 꿩을 본 적이 없다. 언젠가는 한번 볼 수 있겠지 하면서 기대를 한다.

그리 높지 않은 산이지만 정상에는 표지석이 있다. 대리석처럼 하얀 표지석이 언제 가도 반갑게 맞아 준다. 무학이라는 이름 탓인지 높은 산도 아닌데 역사가 있는 산이라며 은근히 자기 자랑을 하는 것 같다. 마을 주변에 자리 잡은 이름도 없는 산과 다르게 품위가 있어 보인다. 처음에는 이렇게 낮은 산에 표지석이 있을 줄은 생각도 하지 못했다. 사실 조금은 뜻밖이었다. 그저 이정표 하나쯤 있지 않겠나 하고 막연하게 생각을 했다. 그런데 알고 보니 나 혼자만의 부질없는 선입견이었다.

무학산은 정든 고향처럼 포근하다. 언제든지 찾아가더라도 좋은 일이 있을 것 같은 기분이다. 가까이 있어 어머니의 품처럼 넉넉하다. 늘 마음에 두고 틈나면 찾아가는 산이다.

숙제

수업 시간에 숙제를 받았다. 모처럼 받아 보는 숙제라서 감회가 새롭다. 글벗들과 함께 즐거운 마음으로 숙제를 했던 지나간 추억이 생각난다.

학창 시절 이후로 처음 받아 보는 숙제였다. 어리둥절해하면서 숙제를 했던 기억이 난다. 카페에 글을 올리는 학생이 너무 적어서 궁리 끝에 선생님이 짜낸 묘안이었다. 모두 힘들다고 아우성을 쳤지만 결국은 저마다 숙제를 끝냈던 것 같다. 선생님 작전이 딱 들어맞았던 재미있는 일화이다. 수료할 때 글벗들이 제일 많은 이야기를 하는 것을 들었다. 시간이 한참이나 지나도 쉽게 잊히지 않는다.

글제가 바람이었다. 글 안 쓰는 분위기를 바람에 빗대어 글 많이 쓰는 바람으로 바꾸었으면 좋겠다는 생각에 낸 제목이었다.

결과가 좋아서 잠깐이지만 글 쓰는 바람이 힘차게 불었다. 좋은 분위기가 오래가지 못해서 아쉬웠지만 가끔 이런 경험이 필요한 것도 사실이다. 그 영향으로 카페가 풍성하게 차고 넘친다는 느낌을 받았다. 선생님도 예상보다 반응이 좋아서 만족스럽다는 말을 자주 하셨다. 동기회 가서 재학 시절 이야기만 하면 한동안 빠지지 않는 것이 바람이었다.

　나는 태풍을 주제로 글을 썼다. 어느 해 여름휴가를 받아 친구들과 삼천포 '신수도'로 여행을 갔다. 하필 날을 잘못 잡아서 도중에 태풍을 만났다. 당시만 해도 태풍이 얼마나 무서운지 직접 당해보지 않았다. 그래서 미처 대비하지 못했고 여행길은 엄청난 고생길이 되고 말았다. 목적지에 당도하기 위해 죽을힘을 다했고 구사일생으로 고비를 넘겼다. '아차' 하는 순간 무슨 봉변을 당했을지도 모르는 상황이었고 살아남은 것이 한마디로 기적이었다.

　숙제를 통해 저마다 한 가지씩 바람을 마음속에 담고 있었다. 대부분 바람은 희망이었다. 희망이 걱정으로만 끝나는 경우도 종종 있는데 그건 문제가 안 됐다. 그저 잘 됐으면 하는 소박한 바람이었다. 차마 말을 못해서 마음속에만 품고 사는 바람도 많을 것이다. 무서운 태풍도 있듯이 꼭 좋은 바람만 있는 것이 아니었다. 생각하기 싫지만 경우에 따라서는 사람 목숨을 빼앗아가는 나쁜 바람도 있다. 여러 가지 바람을 보면서 삶의 방식이

다양함을 느꼈다.

이목을 집중시킨 것은 단연 춤바람이었다. 단연코 많은 인기를 누렸던 바람이라서 부럽기조차 했다. 취미 삼아 살사 댄스를 배우다가 춤바람이 난 이야기였다. 덕분에 얼마나 많이 웃었는지 모른다. 글 하고는 아무 상관이 없는데 글을 쓴 사람이 제비족 같다는 생각을 했다. 한참이나 세월이 흘러서도 인기가 식을 줄 몰랐다. 은근히 나도 춤바람에 한번 빠져 봤으면 좋겠다는 생각도 해 봤다. 잊지 못할 추억을 선물해 주었던 재미있는 숙제 바람이었다.

나는 다작을 하는 편이다. 숙제와 상관없이 꾸준히 글을 쓰기에 바람을 적게 맞았다. 그래서 좋은 점도 있다. 묵묵히 글을 쓰는 것이 나 자신을 수행하는 도구가 되는 것 같아 스스로 기쁘다. 꼭 숙제를 내 줘야만 글을 쓰는 사람들을 보면 이해하기 어려웠다. 그나마 그때 당시에 반응이 좋아서 수문대 전통으로 자리를 잡았다. 지금은 후배들이 들어오면 숙제를 내어 주는 것이 자연스럽게 학습 과정이 되었다. 이유 여하를 막론하고 좋은 선례를 남길 수 있어서 흐뭇하다.

한동안 잊고 지냈던 숙제다. 추억 속에서만 잠자는 줄 알았는데 다시 현실로 찾아와서 기분이 새롭다. 따지고 보면 우리네 생도 늘 숙제를 안은 채 살고 있다. 매사 즐거운 마음으로 희망을 향해 숙제하는 기분으로 살아간다.

흔적

갑오년은 내 인생에 좋은 추억을 선물했던 한해였다. 살다 보면 추억거리가 많지만 기념비적인 기쁜 일이 있었다. 쉽게 지워지지 않을 영광스러운 흔적이다.

글쓰기에 관심이 생겨서 글공부를 하게 되었다. 카페 활동을 하면서 한 줄 메모장에 올리던 글이 수필로 변했다. 살아남기 위해서는 자꾸 변해야 한다는 말이 있는데 제일 멋진 변화라고 생각을 한다. 힘은 들었지만 나름대로 재미가 있어서 열정을 쏟은 결과로 좋은 열매를 얻었다. 참 잘했다는 생각을 하게 된다. 힘든 시간이 많았던 만큼 영광으로 남았다. 노력하면 안 되는 것이 없다는 평범한 진리도 새삼 경험하게 되었다. 앞으로 남은 인생에서 좋은 밑거름이 되는 소중한 흔적이 될 것 같다.

무슨 일이든지 처음에는 시작이 어렵다. 글 한 줄 올리는데 아무 생각이 나질 않아 끙끙 앓던 생각이 난다. 한참을 고민하다가 겨우 몇 자 적고 나면 흔적을 남기게 되어서 마음이 흐뭇했다. 그러면서 나는 글쓰기에 소질이 없다는 생각을 많이 했다. 소질이 있는 사람은 연필만 잡으면 글이 술술 나온다는데 그런 경험은 별로 없다. 창작은 고통의 연속이라는 말처럼 힘들기만 했다. 그나마 다행이라면 글을 쓰면서 후회한 적이 없다. 늘 글쓰기가 재미있다는 생각을 하다 보니 여기까지 왔다.

뭐든지 누가 억지로 시켜서 이루어지는 것은 없다. 스스로 신명이 나야 한다. 자신이 하는 일에 보람을 느끼며 몰두하는 사람을 보면 부럽다. 옆에서 보고 있으면 덩달아 기분이 좋아지고 나도 무언가에 푹 빠져 보고 싶다는 생각이다. 글쓰기도 마찬가지다. 쓸 때는 힘들어도 다 써 놓고 나면 그렇게 좋을 수가 없다. 매번 느끼는 기분이지만 작품이 모두 내 분신이면서 살아온 흔적이다. 그래서 마음에 안 들어도 쉽게 버리지 못한다.

수필 등단 이후 주위 분들이 많은 격려와 덕담을 해주었다. 무엇보다 사람이 달리 보인다는 말이 듣기 싫지 않았다. 그저 그런 사람이거니 했는데 바라보는 시선이 달라진 것이다. 스스로 내세울 게 없는 보통 사람이라고 생각을 했는데 보는 눈빛이 달라지니 당황스럽기조차 했다. 사람은 누구나 인정받고 싶은 욕구가 있나 보다. 등단을 했다고 달라진 것은 없지만 내가 누구한테 인정받는 사실은 새로운 일을 할 수 있는 엄청난 용기를 선물

했다. 돈으로 살 수 없는 나만의 소중한 인생 흔적이다.

제일 먼저 변한 것은 친구들이 나를 바라보는 눈빛이다. 전에는 그런 일이 한 번도 없었는데 기쁜 마음으로 축하해 주었다. 괜한 인사치레가 아니라 진심이 묻어 나오는 것 같아서 기분이 좋았다. 별것도 아니라며 손사래를 쳤지만 슬그머니 우쭐한 마음이 생기는 것은 어찌할 수 없었다. 하지만 이제부터가 시작이다. 짐승이 죽으면 가죽을 남기고 사람은 죽어서 이름을 남긴다고 하는데 글을 열심히 써서 나만의 흔적을 남겨 보고 싶다. 이 또한 인생을 좀 더 보람 있게 살아야 하는 이유가 아닌가.

글공부하면서 기쁨이 충만한 이유는 나만의 흔적을 남기는 것이기 때문이다. 친구가 별로 없기도 하거니와 글이 곧 친구이다. 문학모임이나 행사가 있으면 만사 제쳐 놓고 참석을 한다. 공부는 못해도 참석률은 일등을 하고 싶다. 모임에 갔다 오면 꼭 마음에 남는 것이 있다. 보고 듣는 이야기가 전부 글공부 하고 통하는 말이라서 진지하게 듣는다. 글벗들이 남긴 좋은 글을 보게 되면 배우고 싶은 마음이 생긴다. 그래서 글공부 하는 것이 참 좋다.

빨리 가려면 혼자서 가고 멀리 가려면 일행과 같이 가라는 말이 있다. 마라톤 동호회 회원들과 함께 훈련하면서 들었던 말이다. 혼자 뛰면 힘들어도 옆에 같이 가는 사람이 있으면 정보도 교환하고 선의의 경쟁도 하며 힘을 얻는다. 회원들끼리 모여서 단체 운동을 하다가 보면 때로는 동료가 어두운 밤길을 밝혀 주는 등불과도 같다. 글공부도 마찬가지다. 함께 작품을 토론하다가 보면 상대를 통해 몰랐던 세상 이치를 깨닫기도 하고 사물을 보는 관점이 다양하다는 사실을 알게도 된다. 그렇게 해서 내 삶의 발자취가 남는다는 생각이 미치면 가슴 벅찬 보람을 느낀다.

인생 전반부가 마라톤이라면 후반부는 글쓰기다. 젊었을 때는 힘이 있어서 마음껏 뛰어다녔다. 마음 같아서는 지금도 뛰고 싶지만 이제는 몸이 따라 주지 않는다. 그게 제일 아쉬운 일이지만 결코 후회를 해본 적은 없다. 그때 당시로 돌아갈 수 있다면 주저하지 않고 똑같은 선택을 할 것이다. 그나마 다행히도 달리기 대신 글쓰기가 벗이 되었다. 이제는 남은 인생을 미련 없이 글쓰기에 투자하고 싶다. 누가 알아주지 않아도 상관없다. 내 모습 그대로 인생의 흔적을 남기면 그만이다. 생을 마치는 날까지 이 마음만큼은 변하지 않았으면 좋겠다.

나는 인생의 어떤 흔적을 남기게 될까. 열정적으로 도전했던 마라톤이나 혼신을 쏟고 있는 수필도 빛바래지 않는 의미와 흔적이 될 것이다. 또한 특정적인 것을 포함한 내 삶이 최선을 다하겠다는 노력 여부에 따라서 달라질 것이다. 산에 가면 나는 누구보다 뒷모습이 깨끗한 흔적을 남기고 싶다.

연장전

요즘 연금 개혁을 한다고 해서 직장 분위기가 어수선하다. 누구 할 것 없이 모이기만 하면 연금 이야기다. 연금 때문에 정년이 늘어난다는 말을 들으면 연장전이 생각난다.

중학교를 졸업하고 사회생활을 하게 되었다. 같은 동네 사는 또래 친구들 중에서 내가 사회 진출이 제일 빨랐다. 나만 빼고 모두 고등학교에 진학했다. 그때는 얼마나 섭섭했는지 모른다. 그렇다고 성적이 좋은 것도 아닌데 친구들과 따로 노는 것이 싫었다. 어려운 가정형편이 원망스러웠다. 친구들처럼 상급학교에 다니고 싶은 마음은 주체할 수 없었다. 장래에 대한 뚜렷한 목표가 있었던 것은 아니고 그저 친구들하고 어울리지 못한다는 현실이 원망스러웠다.

약간의 사회 경험과 군 복무를 하면서 생각이 많이 바뀌었다.

전역을 앞두고 신병들 학력이 높은걸 보면서 나도 배우겠다는 각오를 다졌다. 그때부터 공부가 하고 싶었다. 그렇게 먹은 마음이 제대 후에 직장 생활을 하면서 학원에 다니게 된 동기였다. 흔히 말하는 주경야독이었다. 노랫말처럼 몸은 피곤해도 꿈이 많던 시절이다. 돌이켜 생각해 보면 제일 열심히 살았던 시기였다. 공부는 어려웠지만 나름대로 희망이 있어서 행복했던 것 같다. 그때 당시에 앞만 보며 열심히 한 덕분에 오늘의 내가 있다.

학교라는 정해 놓은 울타리 속에서는 별로 공부를 못했다. 살다보니 또래 친구들보다 많이 늦었다. 학원에 가서 공부한 시간이 학교에서 보낸 시간보다 더 많다. 공부를 제대로 못 해서 섭섭하다는 생각도 많이 했는데 어느 정도 해결이 됐다. 이제는 친구들을 만나면 나 이런 사람이라고 자신 있게 말 한다. 누군가에게는 하찮게 보일지 몰라도 검정고시 합격증을 벽에 걸어 놓고 스스로 대견해하기도 했다. 한때는 열등감 속에서 살기도 했는데 긍정적으로 변했다. 그것이 내게 남은 좋은 선물이라고 생각한다.

나름대로 앞만 보며 살았다고 자부한다. 이제는 살아온 인생보다 남은 인생이 더 짧은 것 같다. 남의 일이라고 생각을 했던 정년퇴직도 점점 다가온다. 반백년을 살았다는 말을 많이 한다. 나이 오십을 넘기면서 주위에는 퇴직 후를 생각하는 사람들이 늘어난다. 나이가 든다는 것은 서럽다. 한번 왔다 가는 인생이라지만 돌아보면 늘 아쉽다. 나름대로 열심히 살았다는 생각을 많이 하지만 아무리 변명해도 해 놓은 것이 없다. "짐승은 가죽을 남기고 사람은 이름을 남긴다."라는 말이 있다. 먼 훗날 내 이름을 기억해 줄 사람은 얼마나 될까.

실타래가 꼬인 것처럼 뭔가 한참 잘못됐다는 생각이 든다. 연금 개혁이라는 말이 나온다는 자체가 한마디로 불만이다. 연금이 깎인다고 할 때만 해도 별로 관심이 없었다. 적게 받으면 적은 대로 아껴 쓰면 된다는 생각이었다. 그런데 더 큰 문제가 생겼다. 정년 연장이다. 한쪽에서는 젊은 사람들 일자리가 없다고 아우성이다. 앞사람이 빨리 자리를 비켜 줘야 하는데 거꾸로 간다. 아무리 눈치를 봐도 분위기가 안 좋다. 일을 더 한다고 별로 좋은 것이 없는데 어쩔 수 없이 따라갈 수밖에 없는 현실이다.

나의 바람은 아무 사고 없이 정년퇴직하는 거다. 연금이 깎인다고 명예퇴직을 생각하는 사람이 많은데 나는 그럴 생각이 조금도 없다. 돈보다도 정해진 임기는 정상적으로 채우고 싶다. 연장에 대해서는 미련이 없다. 지금 현재 정해진 나이대로만 근무를 하다가 끝냈으면 좋겠다. 욕심만 앞세워서 아등바등하기가 싫다. 사람은 분수를 알아야 하는데 내 몫을 다 못 챙겨도 괜찮다. 나보다 어려운 이웃을 위해서 보시한다는 생각을 하면 된다. 손해를 보는 사람도 있어야 그만큼 덕을 보는 사람도 있지 않겠나 하는 생각을 해본다.

인생 후반전이다. 내 마음과는 다르게 연장전까지 가야 할 것 같은 분위기다. 정년이 연장되면 말 그대로 그때부터는 인생 연장전이 된다. 스포츠 경기의 승부처럼 정년 연장이 의미가 있을까. 사람마다 생각하는 사고방식이 다르겠지만 연장전 없이 끝나는 것이 더 아름다운 마무리라고 생각한다. 연금개혁과 정년 연장은 내 의사와 무관한 정책이다.

흔히들 스포츠 경기를 각본 없는 드라마라고 한다. 평소에 운동을 좋아하다 보니 시간을 내서 중계방송을 자주 본다. 그런데 실력이 비슷해서 정해진 시간에 승부를 가리지 못하는 경우가 많다. 어쩔 수 없이 연장전을 통해 더 많은 시간을 뛰게 된다. 극적인 장면을 보게 되면 짜릿한 흥분 속에서 열광하기도 한다. 틀에 박힌 고정관념을 벗어나야 좋은 글이나 작품이 나오는 것처럼 운동 경기도 마찬가지다. 인생 성공담이나 추억의 명장면은 그렇게 해서 생기는 경우가 많다. 연장전이 있어서 더 재미있다는 생각을 하게 된다.

승부를 가리기 위해서는 어쩔 수 없이 연장전이 필요하다. 인생살이에도 연장전이 불가피하다. 정규 교과 과정을 하지 못하고 검정고시를 위해 학원에 다닌 것이나, 칠전팔기의 정신으로 목표를 향해 노력했던 일은 승리를 위한 또 다른 연장전이라고 할 수 있겠다. 연금개혁과 정년 연기, 거부할 수 없는 현실이라면 나는 남은 근무 기간 심기일전하여 멋진 마무리를 하고 싶다.

집들이

집들이 날이다. 쉰이 넘어 장만한 내 이름으로 된 집이다. 평수가 큰 집은 아니지만, 뿌듯한 마음으로 이사했다.

아버지는 나무를 베어 제재소까지 나르는 일을 하셨다. 그도 여의치 않아 일 년 중 절반은 일이 없었다. 봄부터 가을까지는 나무가 한창 자라는 기간이라 벌목 허가가 안 나서 일을 못 했다. 늦가을부터는 주로 산에서 일하는 날이 많았다. 내가 초등학교에 들어가기 전에 정든 고향을 떠났다. 잘 살아 보자고 떠나온 고향이었다. 하지만 아버지는 도시 생활도 여의치 않았는지 평생 내 집 한 칸 없이 세상을 떠나셨다.

고향에서는 집 걱정은 없이 살았다. 객지로 나올 때 잘 아는 분이 빈집에 그냥 살게 해 준다고 해서 집을 장만하지 않았다. 그것이 잘못이었다. 몇 년이 지나자 느닷없이 집을 비워 달라고 하였다. 그때부터 아버지의 삶은 고달프기 말할 수 없었다. 아이들 공부시키느라고 점점 줄어드는 살림에 집 마련은 엄두도 내지 못했다. 아버지는 "집도 절도 없는 놈이 어디 간들 뭐 하겠노."라며 자책했다. 습관처럼 내 집에서 한번 살아 봤으면 원이 없겠다는 넋두리를 하셨다.

철이 든 이후의 기억으로는 눈치를 보느라 마당에서 마음껏 뛰놀아본 기억이 없다. 언제나 밖에 나가 놀라며 등 떠밀리기 일쑤였다. 시끄러운 걸 싫어하는 주인 아저씨 성격 때문이었다. 주위에 누가 있든지 없든지 아랑곳없이 떠들어대는 우리가 항상 눈엣가시였을 것이다. 그럴 때는 서럽기도 하고 원망도 많았지만 속으로만 삼켰다. 아버지는 틈만 나면 고향에 살 때는 집도 있었고, 농사를 지으며 등 따시고 배불렀다는 말을 귀가 따갑도록 했다. 자식 보기에 얼마나 마음이 아팠으면 그런 넋두리를 했을까?

사춘기에 여러 번 이사를 다녔다. 집이 없었던 탓이다. 몇 년쯤 살다가 정이 들 만하면 또 이사를 하였다. 주인집에서 요구하면 언제라도 집을 비워 줘야 했기 때문이다. 지은 죄도 없는데 쫓겨 다녀야 하는 신세가 처량했다. 소도 비빌 언덕이 있어야 한다는데 집 걱정 없이 사는 친구들이 제일 부러웠다. 비록 아버지는 가난했지만, 어린 마음에도 나는 내 집에서 떳떳하게 한번 살아 보는 것이 꿈이었다. 어른이 되면 꼭 보금자리부터 마련해야겠다고 스스로 다짐했다.

  잔뼈가 굵도록 정착하지 못하고 떠돌다 보니 친하게 지내는 친구도 없었다. 그래서 마음 편하게 부를 친구조차 없다. 한 동네에서 같이 뒹굴며 자랐다는 친구들을 보면 정말 부럽다. 같은 동네에 살면서도 또래 친구들과 다른 학교에 다닌 일이 있었다. 이사를 하고도 미처 전학 처리를 못 한 탓이다. 같이 어울려 놀면서 다른 학교 학생이라고 따돌림을 받았던 일을 생각하면 지금도 가슴이 먹먹해진다. 학교별로 운동 경기라도 하게 되면 인원이 많은 상대편 기세에 눌려서 응원도 제대로 못 했던 생각이 난다.

  아버지가 돌아가셨을 때는 선산이 없어 가까운 공원묘지에 모셨다. 양지바른 곳에 십 년 가까이 터를 잡아서 묏등에는 잔디가 곱게 뿌리를 내렸다. 벌초하러 갔다가 안내문을 보고 눈앞이 캄캄했다. 혁신도시가 들어서니까 빨리 묘지를 옮기라고 하였다. 살아서도 일정한 거처를 정하지 못해서 떠돌아다녔는데 죽어서도 한 곳에 머물지 못했다. 아버지에게 죄스러운 마음 지울 수가 없었다. 유골을 수습하여 납골당에 안장하였다. 화장 날에는 저승에서도 한 자리에 편하게 계시지 못하고 이장을 해야 하는 당신의 처지가 서러워 흐르는 눈물을 멈출 수 없었다.

  세월이 약이라고 하든가. 이제 생각하니 사시사철 독경 소리를 들으면서 영원한 안식을 할 수 있으니 오히려 영생복락이 아닌가. 이제 이사를 하지 않아도 되니 영혼이 떠도는 일은 없을 것이다. 손수 마련한 작은 아파트에 이사하던 날 아버지에게 아뢰었다. 이 자식은 더는 떠돌아다니지 않아도 된다. 천도제를 올리면서 당신에게 집 장만을 아뢴 것이 가장 큰 선물이 되었을 것이다. "이제는 못난 자식 걱정은 하지 마시고, 편히 쉬십시오."라고 마음으로 빌었다.

집들이 날이다. 아버지가 살아 계셨으면 얼마나 좋아했을까? 당신이 이승에서 못해 본 집들이를 저승에서라도 할 수 있었으면 좋겠다. 입버릇처럼 말씀하시던 보금자리를 아들이 마련했다고 저승에서나마 동네방네 마음껏 자랑하기를 바란다.

논개

이기대 산책길을 걸었다. 임진왜란 때 물에 빠져 죽은 애틋한 두 기생 이야기가 전해 온다. 기생 이야기를 들으면 언제나 생각나는 사람이 있다.

적장을 죽이기 위해 남강에 투신한 논개를 모르는 사람은 없을 것이다. 나는 고향이 진주라서 논개 이야기를 누구보다 많이 듣고 자랐다. 어머니도 논개가 우리나라를 살렸다는 말을 노래 가사처럼 들려주었다. 입에서 입으로 전해지는 전설 같은 이야기는 약소민족의 슬픔 그 자체였다. 논개의 절개를 통해 나도 나라를 위해 초개와 같이 목숨을 버릴 수 있다고 생각하기도 했다. 가까운 곳에 논개 사당이 있었고 역사 속 인물이 아닌 이웃집에 사는 누님 같다는 생각이 들었다.

촉석루에 있는 논개 사당에서 초상화를 보았다. 오랜 세월이 흘렀지만 생전 모습 그대로 앳된 얼굴이다. 순진한 얼굴에서 정이 뚝뚝 묻어나는 것 같았다. 같은 동네에 사는 이웃집 누님 사진을 보는 것 같다. 꽃다운 청춘을 미련 없이 강물에 띄워 보낸 논개였다. 소리쳐 부르면 금방이라도 반갑게 대답할 것 같은 분위기다. 본래 태어난 곳은 아니지만 우리 고향에서 살았던 것만으로도 뿌듯하다. 육신은 사라져도 영혼은 살아서 저 푸른 강물 속에서 물고기처럼 헤엄치고 있을 것 같다.

논개가 왜장과 투신한 의암바위는 틈나면 찾는 나들이 장소였다. 바위는 촉석루에서 한 발자국 떨어져 있다. 벌어진 틈 사이로 지나가는 물살이 유독 빨라 보인다. 때로는 화가 나서 소리를 지르는 것 같은 기분이 들기도 한다. 바위 밑에는 언제나 변함없이 시퍼런 강물이 흐른다. 누가 빠지기라도 하면 잡아먹을 듯이 물귀신이 입을 벌리고 있을 것 같은 생각도 든다. 논개가 빠져 죽은 후로 수많은 세월이 흘렀지만 물빛은 변함이 없다. 말없이 흐르는 강물이 논개의 마음을 달래 주고 있을 것 같다.

이기대도 닮은 점이 많다. 강물 대신 바닷물이라는 사실만 빼면 비슷하다. 마치 논개 이야기를 이기대로 옮겨 놓은 것 같은 기분이 든다. 이름만 바꿔 다시 재미있게 꾸며낸 이야기같이 비슷하다. 이곳에 올 때는 산책을 한다는 가벼운 마음이었건만 한 인물에 마음을 빼앗긴다. 진즉 와야 할 장소에 이제야 비로소 찾아온 것 같은 생각이 들기도 한다. 물에 빠져 생명을 마감하는 행위는 언제 떠올려도 애처롭다.

본래는 기생이 아닌 양반집 딸이었다. 가세가 기울어 남의 집에 더부살이하다가 세상을 잘못 만나 기생이 되었다. 난세에 영웅이 나온다는 말이 있다. 전쟁이 나서 나라가 어려워지자 고귀한 목숨을 바쳤다. 꽃다운 나이에 초개와 같이 몸을 바친 사람이라 불쌍하면서도 존경스럽다. 보통 사람은 생각도 못하는 엄청나게 큰일을 했다. 바람 앞에 등불 같은 나라가 걱정돼서 눈도 제대로 못 감고 죽었을 것 같은 생각이 든다. 조용한 물속에서 영혼이나마 편히 쉬었으면 좋겠다. 논개 생각만 하면 자나 깨나 나라 사랑하는 마음이 있어야 한다며 가르쳐 주는 것 같은 기분이 든다.

장수에 가면 논개 생가가 있다. 작은 초가집이 논개가 살았던 집이다. 평소에 어떻게 살았는지 눈으로 보는 것 같다. 어쩌면 아직도 이 집에서 사는 것 같은 착각에 빠지기도 한다. 시공을 뛰어넘어 우리 의식 속에 그대로 살아남아서 더 애틋하게 다가온다. 제대로 피어 보지도 못한 아까운 청춘이 눈에 밟힌다. 논개가 아직도 살아 있다면 꼭 하고 싶은 말이 있을 것 같다. 금수강산이 남한테 짓밟히지 않게 정신 똑바로 차리고 살아야 한다는 말을 제일 먼저 할 것 같은 생각이 든다.

논개 무덤을 찾은 적이 있다. 아담한 무덤이 논개의 성격을 그대로 보여 주는 것 같다. 남강이 발원하는 양지바른 언덕에 자리

잡고 있었다. 남강은 논개의 혼이 유구히 흐르는 강이다. 논개의 혼이 언제나 강물을 굽어보며 걱정을 하고 있을 것만 같다. 전쟁이 없는 살기 좋은 세상을 바라고 있을 것이다. 시끄러운 세상이 싫어서 강물과 벗하며 조용하게 여생을 즐기는 것 같은 상상에 빠져 보기도 한다. 임은 가도 조국을 향한 뜨거운 마음만은 잊을 수 없다.

객지 생활을 하면서도 가끔 논개를 떠올렸다. 깊은 정을 주고받은 연인처럼 마음속에서 지워지지 않는다. 심신이 피곤해서 고향이라도 찾게 되면 꼭 한 번씩 논개 사당에 들렀다. 생각이 나면 진주에 볼일이 없어도 일부러 찾은 적도 있다. 객지에서 고향 생각을 하면 언제나 빠지지 않는 것이 논개였다. 친구하고 이야기를 해도 마찬가지다. 논개의 흔적이 남아 있는 촉석루나 의암 바위는 언제 가도 옛 모습 그대로 변하지도 않는다. 몸은 고향을 떠나 있어도 마음만은 결코 떠날 수 없듯이 논개는 고향 같은 존재다.

이기대 산책길을 걸으면서 논개를 떠올린 것은 왜일까. 바람 앞에 등불 같은 조국을 구하기 위해 청춘을 불사른 용기 있는 행위는 한 치의 오차도 없을 것이다. 끝없이 펼쳐진 바다는 논개가 투신한 강물이다. 과거의 아픈 역사 앞에서 더 겸허해지고 다시는 아픈 역사가 되풀이해서 일어나지 않아야 하리.

건강보험

생각지도 못한 조카가 와서 보험을 들었다. 생전 연락도 안 하고 사는 사촌 형님 아들이다. 넋을 놓고 있다가 완전히 덤터기를 쓴 것 같은 기분이 든다.

살다 보니 보험 때문에 희한한 일도 다 생긴다. 영문도 모르는 낯선 전화가 한 통 왔는데 아무리 생각을 해 봐도 감이 안 잡힌다. 상대방이 누구인지 알아내는 데 시간이 걸렸다. 꼭 받고 싶은 생각도 없었는데 받게 되었다. 내 마음 하고는 상관없이 첫마디가 반갑다는 말을 먼저 들었다. 평상시에 자주 전화를 주고받는 사람처럼 이야기한다. 뜬금없이 아닌 밤중에 홍두깨도 아니고 뭐 이런 경우가 다 있나 하는 생각이 든다. 혼자서 한참을 이야기 하는데 정리가 안 돼서 머리가 복잡하다.

보험 때문에 새삼스럽게 만난 부산에 사는 큰집 조카다. 조카지만 나하고 세 살밖에 차이가 안 난다. 가까운 친척이지만 같이 놀아본 적도 별로 없다. 내가 어릴 때 우리 집이 고향을 떠나서 큰집 하고는 오래전부터 떨어져 살았다. 아버지가 살아 계실 때만 해도 명절이나 제사 때면 한번씩 찾아갔다. 그런데 이제는 웬만큼 급한 일이 아니면 가는 일이 없다. 그나마 부모님 산소를 납골당으로 이장을 한 이후에는 성묘나 벌초를 할 때도 만나지 않는다. 서로 등지고 사는 것도 아닌데 각박해져 가는 세상 인심처럼 우리도 변한다.

큰집은 식구가 많다. 큰아버지는 오래 전에 별세하시고 장남인 사촌 형님이 집안에서 제일 어른이다. 팔 남매나 되는 조카들이 모두 일가를 이루었다. 두 분 작은 사촌 형님네 식구들까지 합치면 말 그대로 대가족이다. 명절 때 가 보면 발 디딜 틈이 없다. 아버지가 형제 중에서 막내이다 보니 사촌들 하고 차이가 많이 난다. 그래서 나보다 나이가 많은 조카도 있다. 말이 좋아서 조카이지 나이가 많다 보니 같이 있으면 서로가 부담스럽다. 본래 말 수도 적어서 오손도손 재미있게 이야기하는 경우도 좀처럼 없다.

큰 조카는 종손이라 다른 형제들보다 공부도 많이 했다. 마산에서 학교 선생을 하는데 좀 배웠다고 늘 잘난 체하는 경우가 많아서 별로 안 좋아한다. 찾아온 조카가 그나마 부담 없이 지냈다. 정을 나누지는 못했지만 큰집에 가면 살갑게 맞아 주었다.

요즘은 잘 안 가지만 고향에 벌초하러 다닐 때도 그랬다. 벌초하러 가면 꼭 같은 조가 되어서 다니던 기억이 난다. 산소가 많다 보니 벌초를 해도 조를 나누어서 제각기 찾아다녔다. 형님들이 가까운 데 가면 높은 데는 우리 몫이었다.

조카는 보험 설계사다. 전화로 주저리 주저리 고향 이야기와 직장 이야기를 했다. 그는 진주에 있는 괜찮은 대학에서 임상병리과를 나와 병원에 근무했다. 좋은 직장이라며 부러워한 적이 있었다. 그랬는데 근무하던 직장을 그만 두고 독립을 했다고 해서 병원을 하나 차린 줄 알았다. 물려받은 재산도 없이 성공했다는 생각도 잠깐 했는데 그게 아니었다. 영업을 한다고 하더니 본심을 드러낸다. 밑도 끝도 없이 부탁한다는 말을 했다. 전화를 받기 싫었던 이유가 이것인가 하는 생각이 들어서 씁쓸하다.

보험이라면 할 말이 많다. 여러 가지 인연으로 거절을 못 해서 마음에도 없는 가입을 몇 번 했다. 그러니 혜택은커녕 중도 해약을 하는 바람에 손해만 보았다. 돈이 필요하다 싶으면 원금도 못 받고 멍청하게 찾아 쓰고는 했다. 한편으로는 운동을 많이 해서 몸이 건강하다 보니 보험의 필요성을 모르고 살았다. 직장에서 이용하는 보험이 따로 있어서 일반 보험은 관심도 없었다. 보험 이야기는 언제나 남의 일이라고 생각을 했다. 그래서 끝까지 완납하기 전에 포기하는 경우가 다반사였다.

보험은 관심도 없었는데 운동을 하다가 무릎을 다쳐서 수술을 한 적이 있다. 비싼 병원비를 모두 내고 나서 후회를 했지만 어쩔 수가 없었다. 병원에서 보험 처리를 하는 사람들이 부럽기만 했다. 퇴원한 뒤에 생각이 바뀌면서 하나 들게 되었다. 늦었지만 다행이다. 나도 이제는 건강을 생각해야만 되는 나이가 된 것 같아서 씁쓸하다. 보험 하나 들어 놓으라며 동생이 입버릇처럼 이야기할 때는 건성으로 듣기만 했다. 때로는 남의 말도 들을 줄알아야 한다고 하시던 어머니 말씀도 생각이 난다.

그렇게 해서 보험에 가입한 것이 불과 몇 년 전인데 조카한테 또 보험을 들었다. 별수 없이 보험료만 늘어난다. 부담스럽지만 누이 좋고 매부 좋은 일이라며 애써 생각을 바꾸었다. 어렵게 찾아온 조카한테 인심을 쓰는 것 같아서 뿌듯한 마음도 든다. 쉽게 거절하지 못하는 성격을 조카가 알고 있었던 모양이다. 그렇지만 더 이상은 이런 부탁을 안 받았으면 좋겠다. 남의 사정만 들어주다가 내 입장이 곤란해지는 경우도 많다. 면전에서 거절을 못해 후회하는 일이 많은데 마음이 약해서 이번에도 그렇게 됐다. 세상살이가 다 그렇다고 스스로 위로를 하고 싶다.

건강하면 없어도 되는 것이 보험이다. 그런데 살다 보면 꼭 필요한 경우가 많다. 건강하게 살다가 죽는 것이 복이라는 말을 많이 듣는다. '구십구 세까지 팔팔하게 살자.' 하는 말도 있다. 항상 몸이 건강해야 한다는 것을 조카가 새삼 가르쳐 주는 것 같아서 고맙다.

3
봉정암

개떡 선생님

영문도 모르고 그 선생님만 보면 '개떡'이라고 불렀다. 먼저 선배들이 지어 부르던 별명인데 무심코 따라 불렀던 기억이 난다.

뜬금없이 생각나는 사람이 있다. 이름도 요상한 개떡 선생님이다. 무슨 영문인지 까맣게 잊고 지내다가도 불쑥 생각이 난다. 처음에는 몰랐는데 나만 그런 것이 아니고 친구나 동네 선후배들도 그렇다. 동창회 모임에서도 제일 많이 입에 오르내린다. 서로가 자랑삼아 그때 '개떡' 선생님이 있었다고 추억을 떠올린다. 별로 인기도 없고 웬만한 학생은 싫어하던 선생님이었는데 어찌 된 영문인지 모르겠다.

별명이 하필이면 개떡인지 의아하게 생각했다. 선배들한테 물어봐도 왜 그런 별명이 붙었는지 이유를 제대로 아는 사람은 없었다. 모두 남들이 부르니까 따라 불렀다는 대답이다. 졸업할 때까지 선생님의 존함을 불러본 기억이 별로 없다. 우리는 언제든지 개떡이라고 부르며 마냥 즐겼다. 이유도 없이 누가 웃으면 전염이라도 된 것처럼 덩달아 웃었다. 얼굴이 개떡같이 우스꽝스럽게 생긴 것도 아니었다. 그저 정 많은 이웃집 아저씨 같은 분이셨는데 왜 개떡이라고 불렀을까.

우리는 그 선생님을 항상 불청객 정도로 생각했다. 보이기만 하면 일부러 피해 다녔다. 혹시라도 꼬투리를 잡힐지 몰라서 지레 겁을 먹었다. 선생님은 언제나 '사랑의 매'라고 이름 붙인 한 자쯤 되는 대나무 막대기를 들고 다녔다. 복도나 운동장 구석구석을 돌아다니며 불량 학생이 있는지 살폈다. 누구든지 조그만 잘못이나 실수를 하는 일이 있으면 일일이 불러서 주의를 시키고는 했다. 여러 친구가 보는 앞에서 사랑의 매로 손바닥을 때리거나 따끔하게 혼내기도 했다. 그래서 학생들이 피해 다녀서 모두가 공공의 적으로 여기던 선생님이다.

선생님은 늘 자전거를 타고 다녔다. 집이 들 가운데 있는 고읍이라는 동네에 살았는데 멀리서 봐도 제일 먼저 눈에 띄었다. 순전히 타고 다니는 자전거 때문이었다. 당시에 자전거로 통학하는 학생들이 많았다. 선생님도 자전거를 무척이나 좋아하셨던 것 같다. 자전거를 타면 마음이 편하다는 말을 수업 시간에 자주 하셨다. 쉬는 시간이나 방과 후에 자전거 청소하는 모습을 가끔 보기도 했다. 마치 피붙이라도 되는 양 애지중지 아끼는 것 같았다. 그래서인지 그 선생님만 생각하면 자전거가 같이 생각난다.

언젠가 수업 시간에 우연히 선생님께 그 이유를 들을 수가 있었다. 복도에서 한 친구가 보고 개떡이 온다는 소리를 질렀는데 선생님이 들었던 것 같다. 우리보다 몇 해 선배 되는 학생들이 다닐 때의 일이다. 보릿고개가 있던 시절에 즐겨 먹었던 음식이라며 한번은 개떡 이야기를 해 줬다고 한다. 그 다음 날부터 학생들이 선생님만 보면 개떡 이야기를 잘한다고 여기저기 입소문을 냈다. 그렇게 해서 개떡이라고 부르기 시작한 것이 별명이 되었다는 설명이었다.

내가 그 선생님을 못 잊는 이유는 따로 있다. 꽃샘추위가 심술을 부리는 날이었다. 평소와는 달리 그날은 늦잠을 잤다. 등교 시간에 쫓겨서 덤벙대다 보니 장갑을 챙기지 못해 손이 몹시 시렸다. 호주머니에 손을 넣은 채 교문을 그냥 지나쳤다. 아무도 보는 사람이 없는 줄 알았는데 어디에 있었는지 뒤에서 불렀다. 나무에 가려서 미처 보지 못한 것이 실수였다. 속으로 '아이고 이제는 죽었구나.'하고 후회를 했지만 이미 때는 늦었다. 운이 나빠서 제대로 걸렸다는 생각을 했다.

그때 당시는 '국기에 대한 맹세'라는 의식을 중요시했다. 크고 작은 행사 때는 약방의 감초처럼 빠지는 법이 없었다. 학교에 들어가면 제일 먼저 국기를 향하여 경례를 해야 했다. 그날은 손이 시려 호주머니에서 꺼내기 싫어 경례를 하지 않았다. 그 장면을 개떡 선생님은 놓치지 않았다. 한참 훈시를 들은 후에 벌을 섰다. 무슨 말을 들었는지 기억나지는 않는다. 꼼짝도 못하고 거수경례 자세로 추운 날씨에 벌벌 떨었던 생각만 난다. 그때는 내 잘못보다는 선생님을 원망하기만 했다.

졸업장을 들고 교문을 나서면서 다시는 안 봐도 된다고 얼마나 좋아했는지 모른다. 보기 싫어서 학교가 있는 쪽을 보고는 오줌도 안 눈다고 했다. 그런 '개떡' 선생님이 왜 불쑥불쑥 생각이 나는지 모르겠다. 여름방학 때 운동장에서 풀을 뽑다가 심하게 다투었던 친구와 같이 잊을 수가 없다. 그 당시에 담임은 기억이 없어도 개떡 선생님은 생각이 난다.

이제 선생님은 떠나고 별명만 남았다. 학창시절의 추억을 떠올려 주는 정든 별명이다. 꽃샘추위가 지나가면 따뜻한 아지랑이와 함께 자전거를 타고 찾아오실 것 같은 착각이 든다. 그 선생님이 옆에 계시면 그때처럼 한번 불러 봤으면 좋겠다. 야, 개떡 온다 개떡.

달빛 동맹

영호남 상생 협력으로 시장이 일일 교환 근무를 한단다. 하루는 대구 시장이 광주에 가서 근무했다. 대신 광주 시장은 대구에 와서 자리를 바꾸어 근무하는 일이 있었다. 뻥 뚫린 고속도로만큼이나 시원하고 보기가 좋은 일이다.

지역 간 소통이 얼마나 어려운지를 단적으로 보여주는 예다. 한가운데 지리산이 버티고 있어서 마치 넘지 못할 거대한 벽으로 생각하기도 했다. 가끔 왕래가 있게 되면 높은 산을 오른 것처럼 인구에 회자된다. 길이 먼 것도 아닌데 오래 전부터 두 지역은 마음속에 장벽을 지니고 살았다. 서로가 오가는 일도 없이 가깝게 지내려는 노력도 하지 않았다. 오랜 세월 하나부터 열까지 견주어 보며 경쟁심만 키우면서 지냈다. 운동 시합이라도 하게 되면 꼭 이겨야 할 상대라는 생각을 했다. 툭 터서 마음을 여는 것이 왜 그리 힘이 들었는지 모르겠다.

아주 먼 옛날 나제동맹이 있었다. 날만 새면 전쟁을 밥 먹듯이 하던 힘든 시절 이야기다. 세력이 약해서 혼자서는 힘이 부쳤다. 살기 위해서 생각해 낸 것이 같이 손을 잡으면 살 수가 있다는 희망이었다. 동맹을 맺은 후에는 서로에게 큰 힘이 되어 주었다. 힘이 있으니까 자신감이 생기면서 오랫동안 의지하며 지냈다. 결국, 조그만 이익에 눈이 어두워 다시 등을 돌린 것은 불행의 시작이었다. 동맹 관계가 대대손손 끊어지지 않은 채 계속 이어져 오지 못한 것이 안타깝다. 돌아서기는 쉬워도 돌아선 마음을 다시 되돌리는 것은 결코 쉬운 일이 아니다. 많은 세월을 미움과 원망 속에서 살아왔다.

나제통문을 지나가면서 생각에 잠겼다. 마음을 열어서 좀 더 많은 정을 주고받으며 살아왔다면 얼마나 좋았을까 하는 생각이다. 가슴을 열면 그렇게 다정한 이웃인데 거리를 둔 채 살 필요가 있는가. 왜 지역 감정 따위로 불목하고 살아야 했는지 이해가 안 간다. 가끔 여행을 가보면 사람이 사는 것은 별로 다를 것이 없다. 통상 선입견 때문에 많은 오해가 생긴다. 소통은 선입견을 버리는 것이 우선이다. 그래야 나제통문도 사라져야할 유물이 될 것이다.

닫힌 마음을 쉽게 드러내 보여주는 것이 선거철 표심이다. 선거철이면 일부러 지역 감정을 자극하는 정치인도 있다. 고향 사람이나 지역을 연고로 하는 정당 후보자에게 표를 몰아준다. 후보자의 능력이나 인물 따위는 중요한 것이 아니다. 그러다 보니 출마 여부에 따라서 이미 절반 이상은 당선이 결정된 경우가 많았다. 그중에서도 우리가 사는 대구 지방이나 광주가 대표적인 경우다. 대구는 전통적으로 보수 성향이 강하다는 달갑지 않은 말을 많이 듣는다. 우리도 별 뾰족한 수가 없으면서 광주 사람들만 꼬집어서 욕을 한다. 정권이 바뀌면 당장에 무슨 큰일이라도 나는 것처럼 걱정하던 시절도 있었다.

철새처럼 이익을 따라 옮겨 다니는 정치인을 보면 보태 준 것도 없으면서 싫었다. 입만 열면 국민을 위해 일을 하겠다며 침 발린 소리에 신물이 난다. 선거가 있으면 어김없이 찾아오는 철새들이다. 그런 인물일수록 선거가 끝나면 소리 소문 없이 사라진다. 언제 누가 왔다 갔는지도 모른다. 자기 욕심을 채우기 위해서 민심을 갈라놓는 행태는 더 얄밉다. 지역 감정이라는 말은 정치하는 사람들이 표를 얻기 위해서 지어낸 말이라는 생각을 많이 했다. 철새처럼 왔다가 떠나가면 그만이다. 뒤에 남긴 상처는 서민들에게 마음의 짐으로 남는다.

오랜 침묵을 깨고 88고속도로가 생겼을 때 얼마나 좋아했는지 모른다. 단순히 길 하나가 생긴 것이 아니라 지역 간의 벽이 없어지는 것이다. 뻥 뚫린 길 따라 닫혔던 마음도 열리는 것 같았다. 산을 하나 지나가는 것뿐인데 온 세상이 달라 보였다. 많은 소통하며 오갈 수 있도록 장애물이 없어지는 순간이었다. 길이 생기기 전에는 마음을 열지 못해서 왠지 모르게 서먹서먹하기만 했다. 무슨 영문인지 가고 싶어도 부담스러워서 좀처럼 가기가 어려운 동네였다. 등을 토닥여 주면서 사이좋게 살면 좋겠지만 그렇게 하지 못했다. 서로 이해하는 데 무척이나 오래 걸렸다.

고속도로는 물류의 원활한 운송뿐만 아니라 인적 교류를 배가시킨다. 옆 동네 바람 쐬러 가듯이 자주 만나야 마음의 벽도 허물어지는 것이다. 꽉 막혔던 마음도 자꾸 다니다 보면 미운 정고운 정이 든다. 처음에는 어색하겠지만 정이 들면 마음도 끌린다. 편 가르기가 사라지고 우리라는 생각이 먼저 들어야 마음의 벽이 없어진다. 서로 눈치 볼 이유도 없이 툭툭 털고 서로 손을 잡을 수 있어야 좋은 세상이다.

유명한 가수가 불렀던 '벽을 넘어서'라는 노래가 있다. 어쩌면 높은 산이나 가기 힘든 길보다도 더 어려운 것이 마음의 벽을 허무는 것이다. 마음 한번 열기가 너무 어려워서 오랜 세월 묵은 감정이 쌓여 있었다. 노래 가사처럼 손에 손을 잡은 채 벽을 넘으면 안 될 것이 없는데 어렵다는 생각만 했다. 둥글게 살아가는 이웃이 되어서 함께 노래하는 모습을 그려 본다. 마음만 먹으면 쉽게 할 수 있는 일이다. 영호남이 합치면 안 되는 것이 없다는 말을 듣고 싶다. 그것은 우리가 모두 함께 노력해야 할 일이다. 늦게나마 웃으면서 상생을 위해 애쓰는 모습을 보니 보기가 좋다.

소통의 조건은 마음의 문을 여는 것이다. 마음을 열어서 정을 주고받으면 오해는 흐르는 물처럼 풀린다. 장벽은 높은 산도 길도 아닌 마음의 골이다. 모처럼 마음의 골을 메우는 달빛 상생이 되기를 간절한 마음으로 바란다. 두 도시의 시장이 상생하려는 노력이 정겨운 달빛처럼 따뜻한 마음으로 다가온다.

자연으로 돌아간다

이른 나이에 세상을 떠난 친구가 있어서 화장터에 갔다. 아직도 할 일이 많은데 안타깝게도 일찍 생을 마감했다. 과중한 업무로 인한 순직이었다. 갑작스러운 죽음이라 유언도 남기지 못했다. 미련이 남아서 차마 눈을 제대로 감지 못했을 것 같다.

직장 생활을 같이 시작했던 친구다. 짧은 시간이지만 정이 많이 들었다. 서로 막역한 사이는 아니지만 자꾸 부딪치다 보니 정이 들었다. 그의 짧은 생이 안타깝고 그간의 정리를 생각해서 화장터까지 따라갔다. 사회 생활을 한 이후에 장례식에 참석한 건 처음이다. 한창 일을 할 수 있는 젊은 나이라 친구가 불쌍했다. 아무리 슬퍼도 되돌리지 못하는 현실이 너무 서럽다. 보고 싶어도 볼 수 없는 먼 곳으로 쓸쓸히 떠났다.

동행했던 친구와 고인의 이야기를 하면서 작별 인사를 했다.

죽으면 같이 가는 사람도 없어서 저승길이 외로워 보인다. 대신해 줄 수 있는 것이 별로 없었다. 망자와 무관한 노잣돈이 고작이었다. 그래서 더 슬펐다. 집에 와서도 친구가 눈에 밟힌다. 처음 만났을 때 모습이 자꾸 떠올라서 마음을 허전하게 한다. 사소한 일로 언성을 높였던 일이 가장 기억에 남는다. 거듭 명복을 빌었다.

가장 큰 아픔을 느끼는 것은 가족이다. 화장 전 관을 붙들고 몸부림치던 모습은 잊을 수가 없다. 세상에 와서 맺었던 인연을 끝내는 시간이었다. 만났다가 헤어지는 것이 우리네 인생사라고 하지만 생사를 가르는 이별은 가장 큰 아픔으로 다가온다. 서로가 좀 더 인연을 오래도록 이어 가기를 바라지만 미약한 인간의 힘으로 운명을 막지 못하는 것이 만고의 진리이다. 한 치 앞을 볼 수 없는 것이 인간의 한계가 아니던가. 아무리 발버둥쳐도 죽고 나면 결국은 빈손이 된다. 친구의 죽음을 통해 더 절실하게 느꼈다.

친구는 가고 없는데 이름만 기억 속에 남았다. 역사에 남을 빛나는 이름은 아니지만 최소한 나는 그와의 추억을 오롯이 간직하고 있다. 평소에 인정이 많아 모질게 구는 일이 없었다. 입담이 좋아서 같이 있으면 귀를 즐겁게 하는 친구였다. 부럽다는 생각을 많이 했는데 수명이 짧은 것이 안타깝다. 그 마음이 통해서 화장터까지 따라오게 했던 것 같다. 어울려 놀았던 친구들이 비

숫한 생각을 하는 것 같아서 다행이다. 세상을 떠난 후에 우리가 기억해 준다는 것을 위안으로 삼았으면 하는 생각이 든다.

세상에는 죽는 모습도 다양하다. 사찰 순례를 갔다가 티베트 불교 박물관에 들른 적이 있다. 처음 보는 그림도 많고 신기한 모습도 많았다. 그중에서도 제일 기억에 남았던 것이 조장이다. 호기심이 생겨서 봤는데 몇 번을 봐도 소름이 끼친다. 말은 많이 들었지만 눈으로 보고 나니 실감이 난다. 무덤이 따로 없었다. 널찍한 바위가 그대로 무덤이고 휴식처였다. 시체를 갖다 놓기만 하면 그만이었다. 우리네 장례식처럼 절차나 형식 따위는 찾아볼 수가 없다. 이 세상에 왔다 갔다는 흔적이라고는 아무것도 남겨 놓지 않는 사람들이다.

박물관 구경을 하기 전에 티베트 이야기를 많이 들었다. 전에는 순수하고 좋은 모습만 상상했다. 보고 나서는 안 좋은 모습을 같이 보는 것 같아서 실망스럽기까지 했다. 그들은 죽은 후의 정신 세계를 소중하게 생각하는 사람들이다. 상대방 처지에서 생각을 해 봤지만 알지 못했던 모습을 보았다. 마지막 가는 길인데 독수리 밥이 된다는 것이 쉽게 납득이 가지 않았다. 내 생각이 짧은 것인지 아무 욕심도 없어 보이는데 조장이 이해가 가지 않았다. 티베트 사람들의 두 얼굴을 보는 것 같았다.

그들의 삶을 이해하는 데 오랜 시간이 걸리지는 않았다. 처음에는 인정하기가 무척 어려웠다. 끔찍하다는 생각을 많이 했지만 거기도 사람 사는 세상이다. 죽고 나면 아무것도 남는 것이 없다. 영혼이 있다고는 하지만 눈에 안 보여서 아무도 모르는 일이다. 흙으로 변하기 전에 베풀어 줄 수 있다는 것도 복이다. 말은 쉬워도 쉽게 실천이 어려운데 행동으로 실천하는 그들이 오히려 대단하다. 흔적도 없이 떠나는 것이 오히려 홀가분해 보인다. 차라리 모두 내어 주고 훌훌 떠날 수 있는 그들의 정신 세계가 부럽다.

일찍 세상을 떠났지만 누군가 기억해 줄 수 있는 친구가 부럽다. 나는 어려서 고향을 떠난 후로 이사를 자주 다녔다. 그 바람에 끈끈하게 정을 맺은 친구가 별로 없다. 모두 사회 생활을 하면서 만난 뜨내기 같은 친구들뿐이다. 지금까지 살아오면서 제일 아쉽게 생각을 하는 일이다. 나는 어떤 삶을 살아서 한 줌의 재로 돌아갈 것인가. 산모롱이에 어지럽게 흩어진 이름 없는 무덤을 보면서 내 삶을 반추해 본다.

봉정암

　도반들과 봉정암에 갔다. 동행이 있어 힘든 줄도 모르고 깔딱 고개를 넘었다. 봉정암은 언제나 조붓하게 그 자리를 지키고 있다. 수많은 세월 속에 하늘을 이고 자리를 지키는 한결같은 모습이 은둔 생활을 하는 도인 같다. 비 오는 날의 고즈넉한 산사의 풍경은 아름다움 자체다.

　평소에 가고 싶던 곳이라 모처럼 시간을 냈다. 도반들과 동행이라 더 신이 났다. 원하면 이루어진다는 말처럼 일이 순조롭게 풀렸다. 설레는 마음으로 약속 날짜를 기다렸다. 어릴 때 소풍을 기다리는 것처럼 봉정사 가는 날만 손꼽아 기다렸다. 이미 한번 다녀온 곳이지만 그 여운이 오래 남았기에 낯선 곳에 가는 것처럼 기다림에 애가 탔다. 그 끌림을 어떻게 표현할까. 누군가가 잡아당기는 것 같기도 하고 멀리 떠난 연인처럼 그립다.

봉정암은 내 마음을 사로잡은 암자다. 절과 인연을 맺은 후에 자연스럽게 알게 되었다. 전에는 어디 있는 줄도 몰랐으며 설악산에 몇 번 가도 애써 찾은 적이 없었다. 관심이 생기면서 봉정암의 내력을 알았고 처음 찾았던 날의 흥분이 지금도 마음을 설레게 하는 것이다. 아무래도 인연과 끌림은 한통속인가 보다. 깔딱고개가 저승으로 가는 문턱같이 힘들지만 그 고개를 넘어야 애타게 그리던 봉정암을 만날 수 있다.

비 오는 날 운무 속에 휩싸인 봉정암은 절정의 비경으로 길손을 맞는다. 유구한 세월 암자는 그대로인데 나그네의 마음은 올 때마다 바뀐다. 심술궂은 비 때문인지도 모른다. 어쩌면 능청맞은 장마가 시린 마음을 달래주는 꽃비 같다는 생각을 해 본다. 경내를 조금 벗어난 곳에 자리 잡은 사리탑도 여전히 제 모습을 간직하고 있다. 어느 해는 사리탑 옆에서 꼬박 밤을 지새우기도 했던 추억이 새롭다. 시원하게 마시는 샘물 한 바가지에 시름을 잊는다. 비로소 마음이 차분해지고 명경 같은 샘물에 속세의 한 인간을 비추어 본다.

우중이라 대청봉에 오르지 못해 아쉽다. 일기가 고르지 못해 생각지도 못했던 좋은 일도 있었다. 봉정암에 오기로 했던 사람이 절반은 취소했다. 몇천 명이 와야 하는데 겨우 사백 명 정도 왔단다. 사람이 많아서 누울 자리가 없어 노숙했던 기억에 비하면 얼마나 횡재인가. 방 한 칸을 우리 일행이 온전히 독차지했다. 작은 방이 엄청 크게 보인다. 좀처럼 만날 수 없는 행운을 잡았다. 살다 보면 뜻밖에 좋은 일이 생기기도 하는 모양이다.

법당이 평소 같지 않다. 매번 와도 법당 출입은 처음이다. 아예 법당에는 들어갈 생각도 못하고 사리탑 주위에서만 맴돌다가 돌아가고는 했었다. 여기 와서 법당에 들어가 볼 수 있어 감개무량이다. 들어가 보고 싶어 얼마나 안달했던가. 콩나물시루처럼 꽉 들어차던 법당이 텅 비어 있다는 것이 오히려 이상하다. 적멸보궁이라 부처님도 안 계신 법당이 가슴을 뭉클하게 한다. 나도 모르게 환희심이 드는 것 같다.

편하게 자겠지 했는데 옆방에서 들려오는 소리에 잠을 깼다. 한밤중에 잠을 깨니 일어나 앉지도 못해 밤새 뒤척거렸다. 피곤하지도 않은지 밤새워 추억을 먹는 체력이 놀랍다. 방이 넓어서 좋다는 말을 비웃기라도 하는 것 같다. 처음에는 몰랐는데 고약한 냄새가 코를 찌른다. 이래저래 쉽게 잠들지 못하는 산사의 밤이다. 새벽녘에 겨우 잠이 들었는데 일어나기 바빴다. 채 가시지 않은 어둠을 벗 삼아 서둘러 공양을 하고 하산을 하려면 시간이 짧다.

비 때문에 가보지 못한 대청봉과의 만남은 숙제로 남겼다. 말이 없는 봉정암을 뒤로하며 아쉬운 발길을 돌린다. 영시암을 지나니 키가 잘 자라서 곧게 쭉쭉 뻗은 나무숲이 길게 뻗어 있다. 삼림욕장에 온 것 같아서 영양가 있는 피로 회복제를 먹는 기분이 든다. 얼핏 나무숲 사이로 하늘을 올려다 보니 가늘어진 빗줄기가 얇게 퍼진다. 우담바라 꽃비가 흘러내리는 것같이 보인다. 마치 영화 속에 나오는 한 장면 같다는 생각을 해 본다. 계곡에서는 돌 구르는 것 같은 요란한 물소리를 낸다. 소용돌이치며 흐르는 급한 물결이 바쁘게만 살아가는 우리네 인생살이 같다.

평생에 세 번을 가야 한다는 봉정암이다. 삼대 구복을 쌓아야 갈 수 있다고 한다. 늘 마음에 품은 채 가슴앓이를 했던 날이 참 많다. 시골장처럼 북적거리는 모습만 생각했다. 이렇게 높은 산속에 사람이 몰린다는 것이 처음에는 상상이 안 됐다. 볼수록 신기하고 알수록 어렵다는 생각을 하게 된다. 누가 오라고 하는 것도 아닌데 빨리 가야 한다며 자꾸만 등을 떠미는 것 같다. 비를 맞으며 왔다가 빗소리를 벗 삼아 떠나는 발걸음이다. 돌아서기 무섭게 다시 찾고 싶어진다.

인연은 곧 끌림이다. 보이지 않는 마력의 힘에 이끌리어 한결같은 마음으로 찾았던 봉정암이다. 마음속에 그리움은 쉬이 깔딱고개를 넘고 먼 길을 나서는 연례 행사가 되었다. 반복된 일상에서도 봉정암은 무시로 눈에 밟힌다. 그곳에 이르는 길은 도반이 있어 더 즐겁고 행복하다.

붉은 악마

　재수가 없었는지 악마를 만났다. 붉게 물든 얼굴로 자기 세상이 왔다는 듯이 활개를 쳤다. 지레 무서워서 몸이 떨렸다. 영원히 안 만났으면 좋겠는데 그것도 마음대로 안 된다.

　모처럼 시간을 내어서 나들이를 갔다. 생각도 못했는데 가는 날이 장날이다. 처음에는 매캐한 연기가 코를 찔러서 뭔가 이상하다 싶었다. 악마가 부리는 심술 때문에 마음이 힘들었던 슬픈 주말이었다. 날짜를 잘못 잡았다는 생각이 들었지만 이미 늦었다. 대기 신호를 받으며 현장을 빠져나오기 위해 한참이나 애를 먹었다. 약속도 안 했는데 먼저 와서 기다리고 있었다며 인사를 하는 것 같다. 갈 때는 들뜬 마음으로 갔지만 운수가 나쁜 날이다.

　무슨 이유인지 봄이 되면 어김없이 찾아온다. 겨울에는 추워서 숨어 있다가 동장군이 물러가면 나타나서 아는 체를 한다. 약속이나 한 듯이 찾아오는 게 너무 얄밉다. 습기도 없이 바짝 마른 숲 속은 좋은 놀이터가 된다. 먹이를 보면 달려드는 굶주린 독수리 같다. 한번 왔다 하면 닥치는 대로 태워야만 직성이 풀리는 모양이다. 휩쓸고 지나간 자리에는 언제나 보기 싫은 시커먼 재만 남는다. 인정머리가 없어서 사정을 봐 주는 일도 없다.

작은 실수 하나가 온 산을 잿더미로 만든다. 연중 행사처럼 산불이 나면 안타깝다. 타고 재만 남은 민둥산은 시체와 같다. 타는 것은 잠시지만 다시 복원하는 것은 수십, 아니 수백 년이 걸린다. 그 피해는 우리 모두에게 돌아온다. 이번에도 산불 때문에 집을 잃은 채 갈 곳이 없어 발을 동동 구르는 이재민이 많이 생겼다. 강 건너 불구경하는 것 같지만 모두가 화마의 피해자다. 당장 내 발등에 떨어지지 않았다고 '강 건너 불구경'이라는 생각은 어리석다.

어린 학생이 저지른 불장난이었다. 호기심 많은 애를 꼬드겨서 장난을 친 것 같다. 세상 물정 모르는 애들만 보면 만만하게 생각을 한다. 혼자서는 심심하니까 친구 삼아 데리고 놀았는지도 모르겠다. 같이 놀다가 싫증이 나서 시커먼 속을 드러냈다. 좋은 친구가 아니라는 생각을 하게 된다. 따끔하게 혼이 난 뒤에 정신을 차리지만 한발 늦다. 처음부터 상대를 안 하는 것이 제일 좋은데 가만히 놔두지 않는다. 언제든지 틈만 보이면 다가와서 수작을 부린다.

철이 없어서 화재의 위험을 모르고 가까이 한 적이 있다. 또래 친구들과 모여서 불장난을 하며 놀았다. 요즘 아이들의 폭죽놀이와 마찬가지라고나 할까. 어른들은 불장난하면 자다가 오줌을 싼다며 야단을 쳤다. 불이 얼마나 무서운지 모르고 논이나 밭두렁에서 쥐불놀이를 하거나 호롱불 밑에서 장난을 치며 놀았다. 어느 때는 밤늦게까지 호롱불 앞에서 놀다가 눈썹을 태워먹은 적도 있었다. 눈썹이 없어 친구들한테 놀림을 받기도 하였지만 창피스럽기보다는 피차일반이라는 생각에 부끄러운 줄 몰랐다.

시뻘건 불꽃은 악마가 혀를 날름거리는 것과 같다. 숲을 만나러 갔지만 치솟는 불꽃이 손님을 맞았다. 아름다운 추억을 남기고 싶어서 찾았다가 안타까운 장면을 목도하게 된 것이다. 불이 지나간 자리는 시커먼 재만 남는다. 하나같이 상처만 남아서 좋은 기억이 별로 없다. 활활 타오르는 불꽃을 보면 죄를 단죄하는 심판자와 같다. 저승사자가 무섭게 인상을 쓰고 있는 것같이 보인다. 괜히 내가 화형에 처해지는 것 같아서 오금이 저려 몸을 움츠리게 된다. 닥치는 대로 집어삼키는 불길은 온몸에 소름을 돋게 한다.

화마로 심술을 부리는 악마도 있지만 착한 악마도 있다. 착한 악마는 산림이나 재산을 망가뜨리지 않는 악마다. 언제였던가. 처음에는 무심코 만났는데 그 여운이 불길처럼 남아 있다. 애들처럼 평소에 뿔난 도깨비 같다는 상상만 했는데 꼭 그런 것이 아니었다. 언제 다시 만나자는 약속도 없이 헤어진 게 야속할 정도다. 살짝기 왔다가 정만 주고 떠난 여인처럼 눈에 삼삼할 지경이다. 많은 사람에게 기쁨을 안겨 주었던 '붉은악마'가 생각난다.

그해 월드컵, 붉은 악마 덕분에 행복했다. 온 나라가 붉게 물들었다. 남녀노소 없이 모두 한마음으로 뭉쳤다. 무서운 얼굴이 새겨진 옷을 입은 채 거리 곳곳을 내 집 안방처럼 돌아다녔다. 사람들 속에 묻혀서 대한민국을 외치며 뜬 눈으로 밤을 새우기도 했다. 뜨거운 열기와 들뜬 분위기에 흠뻑 취해서 살았다. 사방에는 온통 붉은 악마뿐이었다. 흥분된 사람들 표정에서 무어라 말할 수 없는 행복을 느꼈다. 너나없이 모두가 한마음이었다. 모두 애국자가 되었던 그때의 열기를 지금도 잊지 못한다.

불은 우리 일상에 유익한 것이다. 하지만 잘 다루지 못해 노하면 순식간에 모든 것을 잿더미로 만들어 버린다. 태극기를 휘날리며 민족의 자긍심을 느끼던 '붉은악마'처럼 불이 유익한 마음의 혼불이 될 수만 있다면 더는 바랄 것이 없다. 꽃샘추위가 지나고 곧 봄이 도래하는 시기는 산불이 자주 발생한다. 애써 가꾼 산림을 잿더미로 잃지 않으려면 내가 먼저 솔선수범해야 하지 않을까.

퇴장 명령

밖으로 나가 달라는 안내 방송을 들었다. 아직 이른 시간인데 학생들이 일찍 마쳐서 문을 닫아야 한단다. 평소에는 한창 운동할 시간이다. 어쩔 수 없이 돌아 나오기는 했지만 기분이 썩 좋지는 않았다.

평소 자주 가는 운동장인데 그날은 분위기가 사뭇 달랐다. 운동장에 사람이 아무도 안 보였다. 이상하다는 생각을 하면서 막들어서는데 안내 방송이 흘러나왔다. 미리 지켜보고 있었던 것 같다. 나 말고도 운동하러 왔다가 들어가지 못한 사람들이 수위아저씨와 이야기를 하고 있었다. 어찌된 영문인지도 모른 채 발이 묶였다. 나름대로 학교 측 사정이 있다고는 하지만 사정이라는 게 뚱딴지같아서 기분이 찜찜하다. 내키지 않는 마음으로 발걸음을 돌려야 했다. 정해 놓은 운동장 개방 시간이 있는데 아무리 생각을 해도 뭔가 잘못됐다는 생각이 자꾸 든다.

부담 없이 즐겨 찾았는데 앞으로는 눈치를 봐야 하는 게 아닌지 모르겠다. 우리가 나오고 나니까 출입문을 닫는 모습을 볼 수가 있었다. 영문도 모른 채 왔다가 그냥 되돌아가는 사람도 보인다. 학교 안에 있다고는 하지만 학생들이 사용하는 교실과는 떨어져 있어서 마주칠 일이 없다. 그런데 학생들이 없다는 핑계로 운동장까지 사용을 못 하게 하는 건 이해가 안 된다. 행패를 부리는 것 같은 생각도 든다. 학교 주변에 사는 많은 시민들 편의는 고려하지 않는 것 같다. 공공장소를 주민에게 개방하는 것은 기본 상식이다. 납득할 수 없는 이유로 일방적으로 폐쇄하는 것은 잘못이다.

우레탄이 깔려 관절의 무리를 주지 않아 달리기하기에 좋은 운동장이다. 정해진 규격에 맞춰 만들어진 트랙이라 거리를 정확하게 알 수가 있어서 마라톤 훈련에 도움이 된다. 그래서 더 가까운 학교도 제쳐 놓고 찾아다녔는데 문제가 생겼다. 언제 찾아도 땀 냄새가 흡족하게 하는 장소였다. 무슨 일로 개방을 꺼리는 것일까. 차를 타고 지나가면서도 일부러 운동장 쪽으로 바라보는 날이 많았다. 이유가 뭔지는 모르지만 뒷맛이 개운치 못하다.

더위 때문에 바람을 쐬러 나오는 사람도 많지만 마라톤을 하는 사람이 많이 찾는 학교다. 따로 약속하지 않아도 많은 사람을 만날 수가 있다. 같은 운동을 하다 보니까 운동장에 와서 알게 된 사람도 많다. 무릎이 안 좋아서 운동할 형편이 아닌데 그리움에 찾는 경우도 많다. 때로는 열심히 뛰는 모습을 보면서 대리만족을 느끼기도 한다. 운동으로 만난 사람들이 뛰고 있으면 같이 뛰고 싶다는 생각을 많이 하게 된다. 오랫동안 정이 들었는데 내 생각하고는 아무 상관없이 그냥 간다는 게 섭섭하다. 아무래도 양이 차지 않아서 서운한 마음으로 돌아선다.

축구 시합에서 심한 반칙을 하게 되면 빨간 딱지를 받고 퇴장을 당한다. 이름 있는 대회나 시합이 있어서 중계방송을 보는 도중에 흔히 보게 된다. 예상 못한 실수가 경기 흐름을 바꾸면서 결국에는 시합을 망치기도 한다. 개인의 실수가 동료 선수들에게 큰 손실을 입힌다. 어쩔 수 없는 분위기 때문에 그런 예도 있겠지만 과욕 때문에 생기는 경우가 많다. 평소처럼 침착하게 해야 하는데 몸보다 마음이 앞서다 보면 실수가 나온다. 때늦은 후회를 하게 되지만 이미 돌이킬 수가 없다. 경기를 지켜보는 사람에게 안타까운 시간이 되기도 한다.

월드컵에서 골을 넣은 선수가 있었다. 기쁨도 잠시 흥분한 나머지 뒤에서 발을 걸다가 퇴장을 당했다. 본인은 말할 것도 없겠지만 얼마나 안타까웠는지 모른다. 그 선수가 퇴장을 당하면서 분위기가 완전히 바뀌고 말았다. 쉽게 이길 것 같았는데 수적으로 열세를 감당하지 못하고 동점 골에 이어서 역전 골을 내 줬다. 결국 쓴잔을 마시고 퇴장하는 선수들은 모두 기가 죽어 있었다. 축 처진 어깨는 보기에도 너무나 처량하다. 골을 넣었다는 업적이나 영광은 누릴 수가 없었다. 예선 경기에서 탈락을 한 후에 모든 질책을 혼자서 감당해야 했던 선수였다.

그후로 빨간 딱지만 보면 그 선수를 생각했다. 크고 작은 시합을 거치면서 좋은 활약도 많이 했는데 모두 뒷전으로 밀렸다. 잘했던 일은 생각에서 지워지고 보이는 건 딱지뿐인 것 같다. 딱지만 없으면 월드컵 경기 첫 승리를 했을 거라는 달콤한 말들을 많이 들었다. 가슴이 아픈 추억으로 끝나서 더 진한 아쉬움이 남는다. 결코 자랑스럽지 못한 상처를 끌어안은 채 살아야 하는 그 선수가 마냥 처량해 보이기도 했다.

올림픽이 끝난 지 얼마 되지 않았다. 곧 우리 대구에서 전국 체전이 열린다. 올림픽의 뜨거운 열기를 전국 체전까지 이어 가자고 한다. 정성이 모여서 꼭 그렇게 됐으면 좋겠다. 누구나 운동은 필요하며 건강을 위해 소중한 것이다. 아울러 사회 체육이 중요하다는 생각을 해본다. 사회가 건강해야 태극 문양을 가슴에 달고 열심히 뛰는 선수들도 힘을 얻는다. 더불어 사는 세상에서 어느 한 쪽으로 관심이 치우친다면 모두가 불행해진다. 너와 내가 아닌 공동체 의식이 부족한 것 같아서 너무 아쉽다.

즐거운 마음으로 운동장을 찾았는데 별로 유쾌한 밤이 되지 못했다. 꼭 반칙을 당해 퇴장한 선수처럼 경기장 밖으로 나온 기분이다. 지역 주민에게 운동장을 개방하는 것은 편의를 제공하고 공동체와 더불어 살기 위한 것이다. 경기에서 선수의 퇴장은 경기규칙을 준수하고 스포츠맨십을 통한 멋진 경기를 위해서 피할 수 없지만 학교가 작은 이해를 앞세워 주민에게 퇴장을 명하는 것은 바람직하지 못한 처사이다.

올림픽

지구촌에 잔치가 열린다. 저마다 목표를 향해 뛰고 달리면서 힘을 겨룬다. 덕분에 잠을 잊은 채 열광의 도가니에 빠지는 상상을 해본다. 이번 잔치에서는 어떤 선수와 나라가 영광의 주인공이 될지 각본 없는 드라마가 기대된다.

상상만으로도 가슴이 뜨겁다. 4년을 주기로 반복해서 열리는 잔치지만 그때마다 또 다른 감동과 재미를 선물해 준다. 그 각본 없는 드라마가 기다려지는 이유는 인간 승리의 감동과 뜨거운 눈물이 있기 때문이다. 올림픽을 시청하면서 대리만족을 느끼는 것은 나만이 아닐 것이다. 올림픽이라는 마력은 밤잠을 설치게 하여도 진한 감동이 있기에 손꼽아 기다려진다.

젊은 선수들이 부럽다. "고생 끝에 낙이 있다."라는 말처럼 청춘을 고스란히 올림픽을 위해 바치는 선수도 있다. 젊음이 있기에 희망을 새길 수가 있어서 굵은 땀방울을 흘린다. 하나같이 꿈을 이루기 위해서 땀 흘리는 영광의 주인공 후보들이다. 땀과 노력은 배신하지 않는 법이다. 좋은 결실을 보아서 달콤한 열매를 거두게 되면 훗날 역사에 남는다. 영광의 무내에 한번 나가 보지도 못하고 사라지는 선수를 보면 너무 안타깝다.

　오래전 운동선수로 도민 체전에 한 번 나간 적이 있다. 쟁쟁한 선수들 틈에 끼여서 겁도 없이 죽으라고 따라 뛰었던 기억이 난다. 나름대로 열심히 한 것 같은데 실력이 한참 모자랐다. 우물 안 개구리가 당장 눈에 보이는 좁은 공간만 생각하는데 내가 그 꼴이었다. 경쟁자들의 실력이 결코 만만치 않다는 걸 금방 깨달을 수가 있었다. 성적이 나빠 더 이상은 초대를 받지 못했는데 좋은 경험으로 남아 있다. 스포츠 경기를 보면 그때 일이 떠오른다.

　체전에 나가기 전에는 내가 제일 잘 뛰는 줄 알고 지냈다. 체전에서 다른 선수와 겨루어 우승권에 들 것 같은 꿈을 꾸기도 했었다. 선두에 결승선으로 들어오는 꿈에 젖었지만 현실은 그 반대였다. 입상은 꿈도 꾸지 못한 채 기준 시간에 맞춰 겨우 들어왔던 기억이 난다. 출전 점수라도 조금 건진 것이 그나마 다행이었다. 힘들게 출전했는데 다른 선수 시상 모습만 구경했다. 전국 체전에는 꼭 한 번만이라도 나가고 싶었는데 꿈을 이루지 못했다. 많은 세월이 흐른 후에 선수가 아닌 성화 봉송 주자로 뛰면서 아쉬움을 달래야 했다.

올림픽 중에서도 우리나라에서 열린 서울 올림픽을 빼놓을 수가 없다. 개막식 날 어린 소년이 굴렁쇠를 굴리는 모습은 세계의 평화를 상징하는 감동을 주었다. 나는 88서울올림픽이 끝날 때까지 매일 흥분 속에 지내야 했다. "손에 손잡고 벽을 넘어서"라는 노래는 아직도 귀에 쟁쟁하다. 때로는 울고 웃으면서 기쁘고 슬픈 눈물을 흘린 날이 많다. 크고 화려했던 무대에서 흘리는 땀과 눈물은 그대로 감동이고 역사였다. 모든 경기가 우리네 인생의 축소판 같다는 생각을 한다.

우리 선수도 안방에서 열리는 잔치라 성적이 좋았다. 열심히 싸워 이겨서 아름다운 눈물과 값진 열매를 보상받았다. 더는 거두기 어려운 좋은 성적을 냈는데 그만큼 기억에 남는 뜨거운 감동도 많다. 흠이라면 권투 경기장에서 판정 문제가 구설수에 올라 옥에 티로 남았다. 밖에 나가면 억울하게 손해를 보는 일이 많았는데 조금은 보상을 받은 기분도 든다. 안방에서 하는 잔치에 초대를 받는 것도 큰 행운이다. 무대를 아름답게 수놓았던 선수들의 얼굴이 웃고 있는 것 같다.

서울 말고도 개인적으로 기억에 남는 올림픽이 있는데 몬트리올 올림픽을 잊을 수가 없다. 양정모 선수가 처음으로 금메달을 땄던 날이다. 당시에 서울에서 지냈는데 휴가를 받아 정릉 숲에 직장 동료와 함께 물놀이를 갔다. 시원한 계곡물에 발을 담그고 있다가 금메달 소식을 들었다. 전 국민이 흥분 속에서 기쁜 마음으로 열광했던 기억이 새롭다. 올림픽이 뭔지 그때 처음 알았고 관심을 끌게 되었다. 그 후로는 올림픽만 하면 코흘리개 시절 생일 기다리는 심정으로 손꼽아 기다리고는 한다.

또 기억에 남는 것은 황영조 선수가 마라톤 금메달을 땄던 바르셀로나 올림픽이다. 당시만 해도 마라톤에 푹 빠져 지내던 시절이다. 하루라도 뛰지 않으면 몸이 근질거려 참을 수 없을 정도였는데 그때는 황영조 선수가 우상이었다. 출발부터 골인까지 눈도 떼지 않고 지켜보던 기억이 아직도 잊히지 않는다. 많은 세월이 흘렀지만 어제처럼 생생하다. 월계관을 쓰고 손기정 옹과 찍은 기념 사진은 그 자체가 감동이었다. 마라톤은 언제나 관심이 제일 큰 경기라서 빼놓지 않고 본다.

금메달이 아니라도 좋다. 초롱이처럼 은메달을 따고도 활짝 웃는 사람이 많았으면 좋겠다. 후회하지 않게 마음껏 뛰고 달리면 그걸로 그만이다. 좋은 기록도 좋지만 열심히 흘리는 땀방울은 소중한 것이다. 잔치에 초대받은 선수 모두가 주인공이다.

구두 수선

길모퉁이에서 구두 수선공 아저씨가 구두를 닦고 있다. 별로 구두를 닦을 생각도 없었는데 괜히 마음이 동해 신발을 맡겼다.

철새처럼 찾아오는 아저씨다. 언젠가 단골손님 관리 차원에서 시간이 날 때마다 온다는 말을 들은 적이 있다. 일정한 곳에 반듯한 가게도 없이 떠돌아다니는 아저씨가 처량해 보일 때가 있다. 그런 상황에서도 밝은 얼굴로 일하는 모습은 행복해 보인다. 대충 좌판을 벌이고 자리를 잡으면 일거리가 많아서 차례를 기다리는 광경을 볼 수가 있다. 미리 약속해 놓고 손님이 기다리고 있는 것처럼 보인다. 그분이 오는 날은 좁은 공간이 북적거린다.

처음에는 마음이 내키지 않아서 지나쳐 다녔다. 어느 날 동료가 신발을 닦는 걸 보고는 덩달아서 대열에 합류했다. 줄지어 늘어선 신발이 많아서 한참을 기다렸다. 내 차례가 되자 신발을 보더니 대뜸 굽을 교체해야 한단다. 신발을 닦으러 가면 흔히 있는 일이었다. 다른 곳은 멀쩡한데 늘 굽이 빨리 닳았다. 신발 한 켤레 신는 동안에 굽을 서너 번은 꼭 갈아야 한다. 배보다 배꼽이 크다는 말처럼 수선비가 신발값보다 더 많이 들어가는 경우가 많다. 별다른 생각 없이 굽을 갈게 되었다.

생각보다 굽가는 비용이 비싸다. 재질이 좋은 거라는 말을 했지만 수리비를 곱빼기로 부르는 것 같았다. 처음 거래를 트는 손님인데 뜨내기 손님이라서 그랬는지 부르는 것이 값이라는 생각을 했던 모양이다. 생각지도 않던 바가지를 쓰는 기분이 든다. 굽을 뜯지만 않았으면 취소하고 싶었다. 좁은 공간에서 빠져나오지 못하고 자꾸 밀려들어 가는 것 같다. 일진이 나빠 그랬다고 생각하기에는 뭔가 뒤가 개운치 않았다.

더 황당한 일은 수선이 끝난 후에 신발 닦는 값을 별도로 더 달라고 했다. 어이가 없어서 뭐 이런 사람이 다 있나 싶었다. 신발 수선을 많이 해 봤지만 이런 일은 없었다. 생각지도 않던 봉변을 당한 것 같다. 처음에 닦는 걸 따로 시켰다고는 해도 뭔가 잘못됐다. 분한 마음에 여러모로 경우를 따졌지만 막무가내다. 그냥 지나쳤으면 될 일을 혹만 하나 붙인 모양새다. 결국 비싼 수선비를 주고 바가지만 쓰게 되었다.

화가 나 얼굴을 붉히며 돌아왔는데 한참이 지나도 분이 풀리지 않는다. 가끔 보는 사람이라 도와주려는 마음으로 수선을 맡

겼는데 이해하기 어려운 셈법에 기분만 상했다. 노점에서 일하더라도 최소한의 상도는 있어야하지 않을까. 휴가철 인파가 모이는 해수욕장도 아닌데 당하고 나니 더 씁쓸하다. 아무리 입장을 바꿔서 생각을 해보고 마음을 진정시켜 보지만 좀처럼 화가 풀리지 않는다. 성질 같아서는 욕이라도 한마디 하고 싶지만 액땜한 것으로 생각하고 겨우 참았다.

악머구리처럼 혼자 악을 썼다. 더운 날씨에 화까지 치밀었으니 짜증이 극에 달했다. 다정한 이웃의 수선공으로 남았으면 두고두고 좋은 사이로 지냈을 것이다. 웃으면서 살아도 짧은 세월인데 서로 불목하면서 사는 것은 안타까운 일이다. 피해의식인가. 어쩌면 이유 없이 당하기만 한다는 생각에 과잉반응인지도 모른다. 한편으로는 나 같은 사람도 있어야 하지 않겠나 하는 생각을 해봤다. 하지만 누구나 공평한 대접을 받고 싶은 것이 인간의 마음이다. 만만한 고객을 골라서 봉으로 생각하는 것은 상도에 어긋나는 행위다. 세상은 천차만별이고 참 한심한 사람도 많다.

수선공과 마주쳐도 외면하고 지냈다. 상대방은 아무 일도 없었던 것처럼 변함없이 찾아왔지만 보기도 싫었다. 신발 닦는 모습이 멀리서라도 보이면 일부러 외면했다. 말이라도 걸면 이번에는 또 무슨 바가지를 씌울 궁리를 하는지 의심이 들었다. 나만 그랬는지 다른 사람은 아무 말이 없는 걸 보면 이해하기 더 어려웠다. 아마 바가지도 사람을 봐 가면서 씌우는 모양이다. 외면하고 지나다녀도 뒤통수에 따가운 눈총이 느껴졌다. 보기 싫은 사람을 자꾸 마주치는 것도 괴로운 일이다. 제발 보지 않을 수만 있다면 마음이 편하리라.

수선공 아저씨가 뭘 잘못 판단했다는 생각이 든다. 당장 눈앞에 이익에 눈이 어두워서 고객 마음을 불편하게 하고 장기적으로 손해를 자초한 셈이다. 나만 당한 것인가. 손님이 줄지 않는다는 사실이 믿기지 않는다. 아무튼 고객을 대함에는 형평성이 있어야 한다. 원칙이 깨어지면 언젠가는 분란이 따르게 마련이다. 열심히 일하는 모습도 좋지만 사람을 대함에도 똑같은 마음으로 대하길 고대하면서 속상한 마음을 달래본다. 먹고 살기 위해 돈 몇 푼에 양심을 파는 수선공이 오히려 불쌍하다는 생각이 든다. 나는 상대를 대함에 변함없이 같은 잣대로 대했는지 수선공 아저씨를 통해 나 자신을 뒤돌아보게 된다.

교통사고

　자동차 급정거 소리가 나더니 '꽝' 하고 부딪치는 소리가 난다. 길을 가는 사람들 시선이 한쪽으로 쏠린다. 누가 또 다쳤나 보다. 제발 큰 부상이 아니었으면 좋겠다.

　종종 원하지 않는 사고 현장을 목격하게 된다. 차를 타지 않아도 아찔한 경우가 많다. 시장에 갈 때도 혹시 사고가 나지 않을까 조바심을 낸다. 다른 곳보다 좀 무질서한 동네라서 도무지 마음을 놓을 수가 없다. 다치고 나서 후회하면 이미 늦다. 일이 터지고 나면 다시 되돌릴 수 없다는 사실을 잘 안다. 끔찍한 사고를 목격하면 두려운 마음에 달리는 자동차가 거대한 총알처럼 보일 때가 있다. 조금 먼저 가고 싶은 욕심이 화를 부른다. 아무리 차가 많아도 교통 법규만 제대로 지키면 최소한의 사고는 막을 수 있을 것이다.

주위에 교통사고로 장애인이 된 사람을 흔하게 본다. 멀쩡한 사람이 장애우가 된 것을 보면 남의 일 같지가 않다. 나 역시 사고를 당할 뻔했던 일이 있었기 때문이다. 지금 생각해도 아찔하다. 운동하다가 다친 일은 본인이 잘못해서 그렇다고 하겠지만 사고는 약간만 방심해도 순간적으로 찾아온다. 한 개인의 자그마한 실수가 온 가족이나 한 사람의 일생을 망쳐놓을 수 있다. 세상은 더 복잡해지고 교통은 더 복잡하다. 최소한의 안전 운전으로 자신과 타인의 생명을 보호하는 일도 무엇보다 중요한 일이다.

알고 지낸 지 오래된 사람 중에 교통사고로 목발을 짚고 다니는 사람이 있다. 언제나 웃음을 잃지 않는 성격이 좋은 사람인데 안됐다는 생각을 많이 한다. 그래도 다행이라면 몸은 불구가 되어도 정신적으로 극복한 것 같다. 처음에는 많은 세월을 좌절 속에 빠져 살았다는 이야기를 들었다. 마음이 아프지만 건강하게 살아 줬으면 좋겠다. 만나면 나도 다쳐 본 경험이 있어서 용기를 잃지 말라는 겉치레 인사만 하게 된다. 교통사고만 없어도 좋은 세상이 될 것 같다는 생각을 많이 한다. 행여나 병원에 병문안을 가보면 자꾸만 그런 생각이 든다. 교통사고 환자가 상상 외로 많아 보인다.

누구든지 몸을 다치고 나서 후회하는 마음은 똑같다. 졸지에 불구가 되어 평생을 눈물로 지내는 사람을 보게 되면 정말 안타깝다. 평소에 행실이 바른 성실한 사람이 사고를 당하는 경우가 더 많은 것 같다. 그것이 더 마음을 안타깝게 한다. 사람이 하는 일이라 불공평하다는 생각이 들면서 현실이 원망스러울 때가 있다. 장애우 중에서 교통사고로 불구가 되는 사람이 제일 많다고 하는 사실이 너무 슬프다. 세상 사람들 누구 할 것 없이 서로 편하게 살려고 하는 욕망이 때로는 화만 키우는 것 같다.

빛바랜 추억이 되어 버린 어릴 적 이야기다. 그때만 해도 거리에 차가 별로 없었다. 흔해 빠진 교통 표지판이나 건널목이 따로 없었다. 신호등 같은 건 아직 구경도 못했던 시절이다. 집에서나 학교에서도 교통신호에 대해서 교육을 받은 적이 없다. 평소에 관심도 없었지만 불편한 줄도 모르고 지냈다. 눈만 뜨면 쏜살같이 내달리는 자동차들을 보면서 살아야 하는 요즘과는 환경이 전혀 달랐다. 그러다 보니 차가 다니는 도로를 마음대로 지나다녔다. 동네 한가운데 도로가 있었는데 겁도 없이 운동장처럼 뛰어놀았던 생각이 난다. 골목길 하고 구분 없이 위험하다는 생각을 하지 않았다.

하루는 친구들과 신나게 뛰어놀다가 사고를 당했다. 차가 오는 걸 본 기억도 없고 차에서 울리는 경적 소리도 들은 기억도 없다. 차에 부딪히는 순간 정신을 잃었다. 도무지 생각나는 게 아무것도 없었다. 정신이 들어서 깨어난 곳은 병원이었다. 머리가 아파서 만져 보니 머리에는 뭉툭한 붕대가 감겨 있었다. 아무리 생각을 해봐도 재미있게 뛰어놀았던 생각만 났다. 뒤에서 다급하게 부르는 친구 목소리를 어렴풋이 들은 것 같다. 뭔가에 심하게 부딪친 것 말고는 기억이 없다. 어떻게 병원에 오게 되었는지 마냥 답답할 뿐이었다.

비좁고 답답한 병원에서 얼마나 있었는지 모른다. 머리에 감긴 붕대만 빨리 벗겨 주기를 바라고 있었다. 당시 읍내에 병원이라고는 하나밖에 없는 조그만 시골 병원이었다. 머리를 다치기 전에는 병원이 있는 줄도 모르고 지냈다. 일그러진 머리를 어루만지며 거울을 들여다보는 게 일과였다. 내가 봐도 우스꽝스럽고 어색하기만 했다. 혼자 침대에 앉아서 하릴없이 보내는 시간이 많았다. 학교에 가는 친구들이 그때만큼은 너무 부러웠다. 같이 놀 수 있는 친구가 없어서 심심하다는 생각이 들고 밖에 못 나가게 해서 답답했다.

상처는 그런대로 아물었지만 붕대를 감은 채 학교에 다녔다. 더 기다려야 한다고 했지만 막무가내로 졸랐다. 붕대 때문에 머리를 다쳤다는 사실을 친구들이 다 알게 되었다. 괜히 놀리는 것 같은 생각이 들었지만 어쩔 수가 없었다. 병원에 가면 완전히 나아야 풀어 준다는 소리를 몇 번이나 들어야 했다. 그때는 몰랐는데 상처가 덧날까 싶어 그랬던 것 같다. 붕대를 감기 싫어서 말도 못한 채 짜증만 부렸다. 붕대를 풀기까지 생각보다 많은 시간이 걸렸다. 모두 낫고 나서 다시는 병원에 오고 싶지 않다는 생각을 처음으로 했던 것 같다.

"자라 보고 놀란 가슴 솥뚜껑만 봐도 놀란다."라는 말이 있다. 교통사고 현장을 보면 과거 머리를 다쳤던 트라우마가 나를 괴롭힌다. 지금 와서 생각을 해봐도 아찔한 일이었다. 주위에 사고로 장애우가 점점 늘어나는 것 같다. 사고 없이 희망에 넘치는 살기 좋은 세상을 바라는 건 부질없는 나의 꿈일까.

산책로

아파트 옆에 산책로가 새로 생겼다. 담장을 따라 숲이 있는데 숲 속에 길을 만들었다. 숲길을 걸으면 무료함을 달랠 수 있어 수시로 찾는다.

꼬불꼬불한 사과 밭 사이로 난 길이다. 주위의 풍경을 보며 하염없이 걸었다. 제주도 올레길이 입소문을 타며 여러 곳에 걷기 명소가 우후죽순처럼 생겨난다. 제주에 처음 올레길이 생기더니 지자체마다 트레킹 코스를 만들기에 바쁘다.

우리 고장에도 올레길과 이름만 다를 뿐 닮은 길이 있다. 대덕산에는 자락길이 있고 팔공산에는 단풍길이 유명하다. 어느 날 지인들과 팔공산 왕건 길을 함께 걸었다. 동네 입구 효자 나무에서부터 길은 시작되었다. 저마다 개성 있게 생긴 사과나무가 끝없이 펼쳐져 있었다. 걷기가 끝날 때까지 사과나무만 봤다는 기억이 난다. 동제를 지냈다는 성황당이 있는 곳까지 걸었다. 당산나무에서 바라본 동네 풍경은 정말 아름다웠다.

과수원을 따라 자연스럽게 생겨난 길이라 나름대로 멋이 있었다. 좁고 굽은 길이 어릴 때 뛰어놀았던 시골길 같았다. 사과나무만 빼고는 고향 마을에 온 것 같은 착각이 들었다. 향긋한 사과 향기를 맡으며 시간 가는 줄 모르고 걸었다. 문화유산 해설사의 이야기로는 이 동네가 우리가 사는 고장을 사과 단지로 명성을 떨치게 했다고 한다. 군데군데 엄청나게 큰 사과나무는 크기만큼이나 재미있는 사연을 지니고 있었다.

제주도처럼 바다를 끼고 있는 길만 제대로 된 올레길이라는 선입견이 있었다. 그렇지만 평광동 왕건길을 걸으면서 생각이 바뀌었다. 바다가 없는 숲길도 얼마든지 좋다는 생각이 들었다. 사과 향기에 흠뻑 취해서 걸을 수 있는 신명 나는 길이었다. 멋도 부릴 줄 모르는 순진한 시골 처녀처럼 수수하게 생긴 길이라 더 좋았다. 정이 묻어나는 길을 그대로 따라 걷기만 했다.

산책로는 운치가 있다. 흘러가는 물결처럼 나무 사이를 요리조리 피해 가며 자연을 살린 길이어서 좋다. 신선한 공기를 마실 수 있고 새로운 기운을 받을 수가 있어 자꾸 걷고 싶은 곳이다. 시간이 날 때마다 찾아간다. 산책로가 생기기 전에는 약수터를 자주 찾았는데, 아늑한 숲길이 약수터를 찾아 가는 것 같다. 꼭 산속에 들어온 것처럼 포근하고 마음에 여유가 생겨 걸을수록

새록새록 정이 솟는다.

산책로가 만들어지기 전에도 사람들은 그 길을 지나다녔다. 나도 딱딱한 포장도로를 피해서 걸은 적이 있다. 크고 작은 자갈도 많고 나무뿌리가 아무렇게나 드러나 있어 불안했다. 한번은 마음을 놓고 걷다가 그루터기에 걸려 넘어진 적도 있다. 크게 다친 건 아니지만 발목을 접질러서 며칠 동안 고생한 터라 쉽게 잊히지 않는다. 그 뒤로는 별로 걷지도 않았고 관심도 없이 지냈다.

호젓한 숲길은 이따금 들리는 차 소리만 아니면 산중에 온 것 같은 기분이다. 누가 산책로를 만들 생각을 했는지 너무 고맙다. 곱고 깨끗한 흙을 깔아 놓아 맨발로 걸어도 된다. 만난 지 얼마 되지도 않았는데 금방 친해진 친구 같다. 변함없이 한결같은 모습으로 그 자리에 있었으면 좋겠다.

산책로에는 일부 작은 돌들을 깔아 놓은 곳도 있다. 발바닥을 자극해 건강에 도움을 준다고는 하지만 발바닥이 아파 싫다. 건강하게 살고 싶은 욕심에 꾹 참고 걸어 보기도 하는데 마음이 쉽게 내키지 않는다. 차라리 차가운 감촉을 그대로 느낄 수 있는 보드라운 맨땅인 꼬불꼬불한 숲길이 좋다. 정겨운 연인처럼 헤어지기 무섭게 다시 찾고 싶은 곳이다. 복잡한 도심 한가운데 있는 것이 흠이지만 다른 건 다 마음에 든다.

숲길은 이웃사촌처럼 가깝다. 동행이 없어도 걸을 수 있다. 집

근처에 산책로가 있다는 것 자체가 기쁨이다. 특별한 준비가 없어도 숲은 동무처럼 반긴다.

4
사랑니

자나 깨나 불조심

한창 바쁘게 일을 하다가 시장에 불이 났다는 소리를 들었다. 다급한 마음에 헐레벌떡 현장으로 달렸다. 벌써 소방차가 출동해서 불을 진압하는 중이었다.

시골 동네에 불이 난 적이 있다. 누구라고 할 것도 없이 온 마을 사람들이 나서서 양동이에 물을 들고 날랐다. 나중에는 길게 줄을 서서 이어 나르게 되었다. 동민이 합심해서 불을 끄려고 했지만 금방 꺼질 줄 알았던 불은 시간이 지날수록 불꽃이 더 크게 번졌다. 정신없이 물을 부었지만 불길이 계속 커지니까 포기하고 사람들 접근을 막았다. 불은 더는 끌 수도 없고 가까이 가면 위험하다는 말을 했다. 아무 대책도 없이 멀리 떨어져서 강 건너 불구경하듯이 멍하니 구경만 하고 있었다. 어른들 말로는 기왓장에 불이 붙으면 끄기가 어렵다는 절망적인 이야기뿐이었다.

많은 사람이 발을 동동 구르며 양동이로 물을 날랐지만 모두 허사였다. 재해 앞에 인간의 힘은 너무 미약하기만 했다. 그렇게 많은 물을 덮어쓰고도 불길은 붉은 혀를 날름거리며 더 거세게 타올랐다. 마치 '날 잡아 봐라.' 하며 놀리는 것 같은 모습이었다. 바람을 타고 기세 좋게 너울너울 춤을 추는 시뻘건 불꽃이 야속하기만 했다. 사람들 얼굴에는 실망스러우므로 어두운 그림자가 드리웠다. 기와집에 불이 난 걸 처음 보았다. 평소에는 사람이 없고 행사 때만 사용하는 집이라서 사람이 다치지 않은 것이 그나마 다행이었다.

그날은 사당의 행사가 있는 날이었다. 행사가 끝나고 나오면서 촛불을 안 끄고 나온 것이 화재의 원인이라는 사실을 한참이 지난 뒤에 알았다. 사당을 모두 태워버린 후 나중에 그 사실에 후회했지만 이미 소용없는 일이었다. 마을의 사당은 중요한 의미가 담긴 장소이지만 불을 낸 사람에게 벌을 내리거나 시달림을 주지는 않았던 것으로 기억된다. 그럼에도 당사자는 자책감에 빠져서 스스로 고향을 떠났다. 야반도주하듯이 떠난 후로는 더 이상 고향에 나타나지 않았다. 정든 고향을 등진다는 것은 얼마나 가슴 아픈 일인가. 그분은 한 번 실수로 그만 고향을 등지고 잊히고 말았다.

기와집에 불이 나면 위험하다는 말이 무슨 뜻인지 금방 알게 되었다. 기왓장이 열을 받으니까 튕기며 날개 달린 새처럼 날아다녔다. 안타까움으로 지켜보는 것도 좋지만 까딱 잘못하면 부상을 당할 수도 있는 상황이었다. 한 대 맞을지도 모른다는 무서움이 갑자기 몸을 얼어붙게 하였다. 바람이 불면 불길은 걷잡을 수 없음을 알았다. 순식간에 사당이 잿더미로 변하는 걸 지켜보며 공포에 떨었던 생각이 난다. 다행히 외진 곳이라서 다른 집에 불이 옮기지 않아 큰 피해는 입지 않았다.

소방관이 불을 끄고 돌아간 뒤에 현장 확인을 했다. 건물과 건물을 연결해 주는 통로에 페인트 통이 몇 개 있었는데 거기서 난 불이었다. 인명 피해도 없이 불길을 잡았지만 가까이 있는 전기선을 태워서 보기가 흉했다. 시커멓게 태워 그을린 벽을 보면서 잿빛이 되었다. 화재가 일어난 주위에 모여든 사람이 웅성거리며 범인을 잡아야 한다고 말한다. 과연 벌을 주는 것만이 능사인가. 평소에 더 철저히 점검하고 예방을 했다면 귀한 재산이 한순간에 잿더미가 되지는 않았을 것이다. 불이 나는 것도 싫고 더 이상 애꿎은 피해를 보는 사람이 없었으면 좋겠다.

조사 결과 건물 옥상에 방수 공사를 마치고 가면서 한 사람이 담뱃불을 던지고 간 것이 화재의 원인이었다. 조그만 실수가 재산을 앗아가고 치유할 수 없는 상처를 남기는 것이다. 안전에 대한 의식도 없고 방심하고 사는 사람이 많은 것 같아서 아찔한 생각이 든다. 감시 카메라에 그대로 찍혀 있어서 사실을 알았다. 시장 곳곳에 화재 위험을 안고 있어서 불안 요소가 너무 많다.

화재가 진화된 후에도 바람으로 불꽃이 자꾸 날려 오는 것 같아서 끔찍한 생각이 든다. 고향 사당에서 붉은 혀를 날름거리며 날아다니던 기왓장 생각이 난다.

건물이 오래되고 낡아서 군데군데 보수를 하면 좋겠다는 생각을 했다. 엄청난 비용 때문에 포기를 하는 경우가 많아서 보는 이들도 안타깝다. 사고 없이 지나가면 다행이지만 미리 대비하는 '유비무환'의 정신이 중요하다. 당하고 나서 후회하는 것은 소 잃고 외양간 고치는 격이다. 알면서도 손을 놓고 요행수만 바라는 것이 마음에 내키지 않는다. 고향을 등지고 떠났던 동네 아저씨 같은 사람은 안 나왔으면 하는 것이 솔직한 심정이다. 윙윙 지나가는 바람 소리가 미리 조심해야 한다고 일깨워 주는 것 같다. 화마가 할퀴고 지나간 자리에는 상처만 남는다.

평소에 불은 다정한 연인과 같다. 잘 사용하면 고마운 벗이 되기도 하지만 잘못 다루면 인생을 망치는 악마로 돌변한다. 크고 작은 화재를 목격하면 그때마다 실수로 고향을 떠나간 동네 아저씨 생각을 한다. 경황이 없는 중에도 낭패감으로 곤혹스러워하던 얼굴이 잊히지 않는다. 사당의 화재는 마을 사람들 모두에게 상처를 남겼다. 지금도 고향에 가면 가끔 그때 이야기를 듣는다. 많은 사람에게 불행을 안겨 주었던 그 사고는 나에게 안전에 대한 경각심을 심어주는 반면교사가 되었다.

화마가 할퀴고 간 자리는 언제나 쓰라린 아픔만 남는다. 사당에 불이 났던 그날도 그랬다. 본의 아니게 고향을 등지고 살아야 했던 그 아저씨처럼 슬프고 안타까운 일이 재현되지 않도록 늘 깨어 있어야 한다.

요강

　선운사에 나들이를 갔다 돌아오는 버스 안에서 웃지 못할 일
을 저질렀다. 차가 막히고 휴게소는 멀고 참을 수가 없어서 실례
를 하고 말았다.

　아침부터 종일 맥주를 마셨다. 아마 분위기에 취해 주는 대로
받아 마셨던 것 같다. 일시적으로 제동장치가 고장 나서 평소 주
량을 훨씬 넘긴 것 같다. 휴게소마다 들러서 볼일을 봤는데도 생
리적 현상을 감당할 수 없었다. 양해를 구하고 갓길에 차를 몇
번 주차하기도 했다. 더는 부탁하기도 민망했다. 하지만 참는 것
도 한계에 이르러 궁여지책으로 마지막 선택을 한 것이 맥주병
이었다.

　가까운 이에게 사정 이야기를 하고 관광버스 뒷자리로 갔다.
대충 앞을 가린 채 실례를 했다. 뒷덜미가 뜨끔뜨끔했지만 이미

엎질러진 물이었다. 속으로는 욕을 하면서도 모두 눈감아 주는 것 같았다. 여자 분들도 있었지만 급하다 보니 체면이고 뭐고 없었다. 기분이 어떤지 기장이 짓궂게 물어보기도 했다. 운이 좋아서 옷에 실례하는 아찔한 상황은 피할 수가 있었다. 급한 불은 껐지만 도반들 보기가 너무 부끄러웠다. 다 술을 절제하지 못한 내 탓이다.

그날의 일을 더 이상 거론하는 사람은 없었다. 얼마나 창피했으면 혼자 숨어 지내야 하는 경우까지 생각하고 있었다. 나의 실수를 덮어주는 도반들의 마음이 고맙다. 아픈 기억이지만 한순간의 추억으로 간직하고 싶다. 지금도 행락철, 관광버스만 보면 스멀스멀 그때의 기억이 떠오르곤 한다. 무심해지는 데 참 오랜 시간이 걸렸다. 감추고 싶은 지난 일이지만 풀어내고 나니 마음은 다소 가벼워진 느낌이다.

그 사건 이후 한동안 맥주를 마시지 않았다. 무슨 행사나 회식이 있어도 아무 데서나 실례를 하는 게 창피스러웠다. 마시면 마신만큼 소변으로 배출되기에 여간해서 맥주를 마시지 않았다. 세월이 약이라고 했던가. 지금은 당시처럼 절박하지는 않다. 또한 사람에 따라서는 한 번의 실수를 아무렇지도 않게 생각하는 사람도 있을 것이다. 난처한 처지가 되어보지 않은 사람은 대수롭지 않게 여길 것이다. 장소와는 상관없이 소풍을 가게 되면 그때 일이 생각나고는 한다.

요즘은 주거 생활 중에 가장 편해진 게 화장실 사용이다. 구조적으로 욕실과 함께 있어 언제든지 손쉽게 이용할 수 있다. 어린 시절 저녁에는 방 한쪽 구석에 꼭 요강이 있었다. 자다가 보면 급해서 화장실에 간다는 게 쉬운 일이 아니었다. 그때만 해도 겁이 많아서 혼자서는 잘 가지도 못했다. 평소에도 밤에 화장실을 가면 귀신이 나온다는 무서운 이야기를 많이 들어서 가기가 싫었다. 긴긴 겨울밤 추운 날은 더 그랬다. 그 때는 요강이 정말 요긴하게 쓰이던 시절이다.

당시 나이 차이가 많이 나는 형과 누나는 일찍 객지로 나가고 집에 없었다. 내 위에 형제들이 몇 명 더 있었지만 꽃봉오리도 피워보지 못하고 어린 나이에 죽었다고 했다. 막내 위 동생도 명이 짧아 구 남매가 줄어서 오 남매가 되었다. 나하고 형은 나이 차이가 열 살이고 누나와 막내는 무려 스무 살이나 차이가 난다. 남매 간에 같이 있으면 세대 차가 난다. 부모님 하고 동생 둘이랑 나까지 다섯 식구가 모두 같은 방에서 잠을 잤다. 방이 두 개나 있었는데 한 쪽 방에는 불을 피우지 않았다. 땔감을 아끼려고 그랬다는 사실을 철이 든 후에 알았다. 그리 크지도 않은 방에 모여 살면서 다른 건 별로 불편한 줄 몰랐다. 밤중에 화장실에 가는 게 싫기만 했고 제일 큰일이었다.

하루는 한밤중에 아버지가 놀라 소리를 지르는 바람에 잠을 깼다. 우리는 영문도 모른 채 선잠을 깨어서 아버지만 쳐다봤다.

갑자기 난리가 났는데 알고 보니 막내 동생이 범인이었다. 볼일을 본다는 것이 아버지 얼굴에 대고 실례를 했다. 아버지는 주무시다가 물벼락을 맞았다. 넓적하고 둥근 얼굴이 요강이라고 착각을 했던 것 같다. 우리는 웃지도 못하고 난처한 얼굴로 지켜보고만 있었다. 한참이나 소란을 떨었던 기억이 나서 요강만 보면 그때 생각이 난다. 추운 겨울이 되면 어이없어 하시던 아버지 얼굴이 눈에 선하다.

막내는 위기의 순간에도 아무 일도 없었다는 듯이 기어이 볼일을 끝내고 이불 속에 몸을 숨겼다. 잠에 취했는지 요란함 속에서도 잠을 잤다. 사고를 친 어린 동생이 얄밉기도 했지만 세상 물정 모르는 철부지였다. 언제나 자기 실속만 차리고 딴청을 부리는 사람을 보면 꼭 그때 당시의 동생을 보는 것 같다. 아버지가 늦은 나이에 얻은 막내라서 무척이나 귀여움을 받으면서 자랐던 막내 동생이다. 아버지는 이미 유명을 달리 하시고 이 세상에 없다. 동생이 어느새 중년의 나이가 되었지만 결코 잊을 수 없는 추억이다.

인생을 살다 보면 뜻하지 않게 다급한 일이 생긴다. 과음으로 생리적 현상을 해결하기 위해 실례를 했던 일은 절제의 미덕을 깨우치게 해 주었다. 또한 요강에 얽힌 아버지와 동생의 기억을 떠올리며 혼자 희미한 미소를 지어 본다.

나무 타기

다니는 길목에 살구나무가 있다. 아파트 단지에 있다가 보니 입주민은 모두 주인 행세를 한다. 이사를 왔을 때는 눈치가 보여서 그냥 지나쳤다. 살구를 따는 사람을 자주 만나니 나도 그들처럼 살구를 땄다. 처음에는 맛이나 볼까 하여 땄지만 나중에는 욕심이 생겨서 따는 양이 많아졌다. 공동의 소유이지 개인의 소유가 아닌데도 잘못이라는 생각은 하지 않았다.

사람들이 욕심을 앞세우니 심지어는 덜 익은 것을 따기도 하였다. 손이 닿는 곳에는 익기도 전에 살구가 없어졌다. 나는 높이 올라가서 윗가지에 달린 것을 땄다. 시골에서 자랄 때 곧잘 나무에 올랐으므로 나무 타는 일이 낯설지 않았다. 어릴 때는 나무에 올라가서 내려다보면 온 세상이 발아래 있어서 기분이 좋았다.

지난날의 기억이다. 비가 온 다음 날에 너무 높이 올라간 나무에서 떨어졌던 일이 있었다. 나무 타기에 자만하여 비가 오면 껍질이 미끄럽다는 사실을 잊어버렸다. 눈에서 별이 번쩍거리고 하늘은 노랗게 보였다. 다리를 움직이려니 심하게 느껴오는 통증으로 꼼짝할 수 없었다. 동네 형의 등에 업혀서 병원에 갔다. 다리의 뼈가 부러졌다면서 깁스를 해주었다. 나는 오랫동안 절뚝거리면서 다녀야 했다.

그 후로는 나무에 오르지 않았다. 친구들은 신이 나서 나무에 올랐지만 나는 멍하니 바라보기만 하였다. 친구 보기가 부끄러웠다. 매미를 잡으러 나무 꼭대기까지 올라갔는데, 그 후로는 매미가 아무리 유혹하면서 울어도 올라가지 않으니까 친구들에게 겁쟁이라고 놀림감이 되었다.

익은 살구를 따러 더 높이 올라가다가 문득 아래를 내려다 보았다. 사람들이 나를 바라보고 있었다. 어떤 이는 약간 부러워하는 듯도 하였고, 어떤 이는 못마땅하다는 표정을 지었다. 사람들의 눈빛에서 올려다보던 옛 친구들의 눈들이 떠올랐다. 어릴 때 기억은 나를 돌아다보도록 하였다.

생활체육이라는 유행을 타면서 운동을 열심히 했다. 처음에는 건강을 이유로 시작한 달리기가 욕심이 생겨서 마라톤으로 변했다. 건강 달리기에 한번 나간 것이 인연이 되어서 마라톤 풀코스를 완주하게 되었다. 크고 작은 대회를 찾아다니면서 재미있었던 추억도 많다. 하지만 욕심이 화를 불렀다. 기록을 당기고 싶은 욕심에 무리하여 발목을 다쳤다. 돌부리에 걸려 발목을 삐어 치료를 해야 되는데 마냥 참고 지냈다. 참으면 괜찮겠지 하다가 낭패를 봤다. 너무 아파서 병원에 갔더니 수술을 해야 한다는 소리에 가슴이 내려앉는 것 같았다. 수술을 하면서 내 마라톤 인생도 끝이 났다.

아쉽게 운동을 접었지만 이제 미련은 버렸다. 내가 그나마 남보다 잘한다는 소리를 듣게 해줬던 운동이다. 힘이 많이 들었지만 자청한 일이니 마냥 즐거웠다. 미련스럽게 병을 키워서 일찍 포기하고 말았지만 인생의 어느 한때 아마추어 마라톤의 명인이라는 칭호를 주는 기록을 남겼다. 메뚜기도 한철이라고 그때가 호시절이었다. 그 당시로 돌아갈 수 있으면 좋겠지만 이제는 모두가 부질없는 일이 되었다.

살아가는 일이 경쟁이다. 남보다 높은 자리에 올라가기 위해서는 상대방을 제쳐야 한다. 조금이라도 먼저 승진을 하고 싶은 마음도 욕심 때문에 생기는 일이다. 내게 쓰라린 추억을 안겨 주었던 매미를 잡는 일이나 달리기 시합도 마찬가지다. 재미있다는 생각에 즐기기도 했지만 지나고 보니 봄날의 꿈이다. 맛있는 살구를 서로 먼저 따 먹기 위해서 욕심만 앞세운 채 살았다. 주위의 모든 사람이 경쟁자라는 생각을 한다.

욕심은 사고를 부른다. 운동을 하면서 발목을 다친 일이나 미끄러운 나무에서 떨어졌던 일도 모두 욕심 때문에 생긴 일이다. 나는 괜찮겠지 하는 안이한 마음가짐이 화를 부르고 낭패를 당하게 했다. 흔히 하는 말로 잘 나갈 때 조심해야 한다는 평범한 진리를 깜빡 잊고 살았다. 언제나 높은 곳만 바라보고 살다 보니 마음에 여유가 없어서 원하는 일을 중도에 포기하는 결과를 가져왔다. 그것은 남은 삶에 분수에 맞게 살아야 한다는 경고가 아닐까. 이제 살구를 취하기 위해 더 높은 나뭇가지에 오르지 않으리라고 마음을 다진다.

자전거

공원에서 한 학생이 자전거를 타고 묘기를 부린다. 앞바퀴를 든 채 장애물을 눈 깜짝할 사이에 요리조리 빠져나간다. 넋을 잃은 채 몇 번이고 쳐다봤지만 참 신기하다.

운동 신경이 별로 안 좋았다. 누구든지 다 타고 다니는 자전거를 탈 줄 몰랐다. 웬만한 사람은 아무리 초보라도 두서너 번 타 보고 나면 잘 타는 것 같은데 나는 그러지 못했다. 겁이 많아 친구들이 자전거를 배우다가 넘어져서 무릎을 다치는 걸 보고 지레 겁을 먹었다. 친구나 선배들이 가르쳐 주겠다고 해도 애써 피했다. 남들은 쉬운 일이 나는 왜 어려웠을까. 다른 친구들은 비교적 쉬워 보이는 자전거 타기를 혼자만 담을 쌓고 살았다.

동네 또래 중에서 자전거를 못 타는 사람은 나 혼자뿐이었다. 심지어는 나보다 어린 후배들도 그리 어렵지 않게 잘 탔다. 별로 어려운 일도 아닌데 왜 겁만 먹고 못 타는지 모르겠다는 말을 들었다. 타는 데 재미를 붙이고 나면 자꾸 타고 싶어진다는 말을 귀에 달고 살았다. 친구들은 동생이나 후배들을 뒤에 태우고도 쌩쌩하게 타고 다녔다. 당시에는 자전거를 타고 통학을 하는 친구들이 많았다. 집이 멀어서 힘들고 불편하다는 생각은 못하고 그저 부럽다는 생각만 했던 것 같다.

친구들이나 후배들이 자전거 타는 모습을 보면 신기하기만 했다. 어떻게 넘어지지도 않고 달릴 수 있는지 부러웠다. 그럴수록 내가 할 수 없는 남의 일이라 여기게 되었다. 무작정 덤벼들어 악착같이 배우는 친구를 보면 부러웠지만 강 건너 불구경을 하는 심정이었다. 나는 그러지 못했다. 배워 보겠다고 투지를 불태웠던 기억이 없다. 왜 그리 용기가 없었는지 생각을 해보면 아쉽기만 하다.

주위의 성화에도 배워야 하겠다는 의지가 없었다. 친구가 중심만 잡으면 된다며 붙잡아 주었다. 뒤에서 잡고 있다가 갑자기 앞으로 확 미는 바람에 돌부리에 걸려 넘어졌다. 성격이 물러서 어려운 일이 생기면 헤쳐 나갈 생각을 못했다. 두려운 마음에 주눅이 들어서 피할 생각만 했다. 배우겠다는 다짐보다는 우선 넘어져서 아프다는 생각만 했다. 넘어진 뒤로는 배워야겠다는 엄두를 내지 않았다. 스스로 한심하다는 자각을 했지만 생각에 그치고 말았다.

사춘기가 지나도록 자전거를 타지 못했다. 그 흔한 자전거가 가까이하기에는 먼 당신이었다. 여자들도 즐겁게 타고 다니는 것을 나는 원수진 것처럼 외면했다. 마음을 조금만 바꾸면 별것도 아닌 걸 가지고 실행하는 네 오랜 기간이 걸렸다. 같이 뛰어놀았던 친구들은 말할 것도 없이 후배 중에도 나 같은 숙맥은 찾아볼 수가 없었다. 난 어린 시절 자전거 타기 재미를 느끼지 못하고 말았다.

명절에 집에 오니 동생이 자전거를 타고 다녔다. 전에는 없던 자전거가 집에 있었다. 배울 때 몇 번 넘어지기도 했지만 용케 잘 참았다고 한다. 자전거를 타면 여러 가지 유익함이 많단다. 그 말에 괜히 얼굴이 화끈거리고 부끄러웠다. 처음으로 꼭 배워야겠다는 각오가 생겼다. 동생보다 못하다는 말을 듣기 싫어서 용기를 냈다. 명절 휴가를 몽땅 자전거 배우는 데 보냈다. 진즉 배울 걸 하는 후회가 들었다.

어렵게 배운 자전거라 하루가 멀다고 타고 다녔다. 늦게 배운 도둑이 날 새는 줄 모르는 것과 마찬가지였다. 기쁨에 시간 가는 줄 모르고 타고 다녔다. 제 기분에 취해 한쪽 손을 놓고 재주를 부리는 여유까지 생겼다. 누가 빨리 달리는지 친구들과 시합을 하며 객기를 부리기도 했다. 그동안 누리지 못했던 즐거움을 보상받고 싶은 마음이 들어서 열성을 보였다. 늦게라도 배운 것이 다행이었다. 자전거는 다정한 친구가 되어 주었다. 자전거를 타고 싶어 근무 시간이 일찍 끝나기만 기다리는 날도 많았다.

그것도 한때였다. 경기용 자전거를 타다가 다친 후에는 그만 마음이 변했다. 갑자기 싫증이 나서 쳐다보기도 싫었다. 정을 나누며 사귀던 사람과 헤어지는 기분이었다. 즐겨 탔던 자전거는 앞뒤가 평평해서 타기가 좋았는데 경기용은 좀 달랐다. 몸이 앞쪽으로 쏠려서 앉아 있으면 중심이 앞쪽으로 쏠려 불안하기만 했다. 지인이 권하는 바람에 호기심이 생겨서 탔다가 낭패를 봤다. 처음 배울 때 생각이 들어서 씁쓸하다. 그것이 핑계가 되어서 내 기억에서 점점 멀어졌다.

어떤 일이든지 실행에 옮기기는 어렵다. 약간의 모험과 위험을 감수해야 원하는 것을 얻을 수 있다. 자전거 타기처럼 실패를 두려워서 그만둔다면 아무것도 이룰 수 없을 것이다. 새로운 일에 도전하는 것은 처음 자전거를 배우는 일과 다름이 없다. 처음에는 넘어지고 다치기도 하지만 반복된 과정 속에서 바람을 가르며 달리는 기쁨을 누릴 수 있기 때문이다.

대구읍성

그곳에 성벽이 있다. 아득한 오랜 세월 자리를 지키고 있었던 성이다. 눈으로 보고도 믿기지 않았지만 엄연한 사실 앞에 눈시울이 뜨거워진다. 보고파서 오랫동안 그리워하던 연인을 만나는 심정이다.

시내에 있는 계성고등학교를 찾았다. 가 보고 싶었지만 차일피일 미루기만 했던 발걸음이다. 그곳을 자주 지나다녔지만 교정에 들어가 직접 걸어 본 것은 처음이다. 유럽식 고풍스러운 건물이 우선 시선을 끌기에 충분했다. 건물 앞에 세워진 안내문이 역사의 현장임을 확인시켜 준다. 일반 고등학교 교정과는 다른 묘한 분위기를 느끼며 운동장을 한 바퀴 돌았다. 말없이 서 있는 정원수며 예사롭지 않은 풍경이 오랜 역사를 말해 주는 것 같다.

벽을 타고 오르는 담쟁이덩굴이 신선하고 산뜻하다. 청라 언덕에서 보았던 담쟁이를 다시 보는 것 같다. 고색창연한 건물도 풍기는 분위가 비슷하다. 두 곳은 서로 가까운 곳에 위치한다. 낯선 이름을 보고 있으니 교가 비석에 남은 우리말 가사처럼 절름발이 신세가 된 것 같다. 우리 가락을 뺏긴 채 노래마저 숨어서 불러야 했다. 사람은 말없이 떠나고 흔적만 남았다.

어릴 적 산성에서 이름만 남은 채 무너지고 없는 성터를 걸어다녔다. 놀이터 삼아 친구들과 뛰어놀았던 자리다. 성터 주위에 아무렇게나 뒹굴고 있었던 돌멩이 하나도 모두 피붙이처럼 소중한 문화적 자산이지만 그때는 아무것도 몰랐다. 지금 생각해 보니 아무렇게나 버려둔 성터는 무관심의 소치였다. 소중한 유산이 마치 길 잃은 미아처럼 슬픔을 간직하고 있었다.

곡성에 갔다가 성안에 들어간 일이 있었다. 말로만 듣던 성이다. 유장한 세월에도 옛 모습 그대로 보존된 성곽이 신령스럽다. 얼마나 튼튼하게 성을 쌓았으면 세월의 풍파에도 성은 본래의 모양과 다름없어 보인다. 성벽 위를 걸으며 성의 안과 밖 경계를 감상하는 재미가 쏠쏠했다. 성안에 있는 삼거리 주막집이 시원한 막걸리 한 사발에 목을 축이며 시름을 잊고 지냈던 옛사람을 보는 것 같은 기분이 들기도 하고, 왁자지껄한 소리와 더불어 살 냄새가 풍겨 오는 것 같기도 하다.

등산을 다니면서 무너진 성벽이나 성터를 볼 기회가 많았다. 성벽은 선조의 울고 웃었던 흔적인 것 같아 눈시울을 적시게 된

다. 제대로 보존하지 못한 채 허물어져 내리는 성벽을 보면 안타
깝다. 무심한 세월이 야속하기도 하지만 어쩔 수 없는 현실 앞에
아쉬운 마음을 달래야만 했다. 많은 성이 있었지만 흔적도 없는
데 이름만 남은 곳도 많다. 본래 있었던 자리로 돌려놓을 수가
없어서 더 서운하다는 생각도 든다.

대구에도 성이 있었다. 그 성벽의 흔적을 계성고등학교에서
보았다. 온몸은 만신창이가 되어 부서지고 없는데 일부만 찾았
지만 너무 반가웠다. 새로 지은 건물 중간에 보존되어 존재의 가
치를 말없이 대변해 주었다. 눈을 시퍼렇게 뜨고 과거의 모습을
보여주려는 것 같다. 아무리 짓밟혀도 다시 일어서는 오뚝이처
럼 끈질긴 생명력을 보고 있는 것 같은 착각이 든다. 조각만 남
았지만 소문으로 들었던 대구읍성의 본모습이다.

대구읍성도 지금까지 그대로 보존되었다면 특별한 가치가 있
을 것이다. 망우공원에 있는 영남제일관을 보고 그런 생각을 많
이 했다. 동성로를 뻔질나게 걸어 다녀도 처음에는 숨은 사연을
몰랐다. 젊은이가 많아 활기가 넘치는 걸 보며 좋다는 생각만 하
다가 속사정을 전해 들었다. 땅값을 올리기 위해 일을 꾸민 일본
이 원망스럽고 사주를 받은 앞잡이가 밉다. 사연을 아는지 모르
는지 남은 성벽은 말이 없다. 사라져 간 아픈 역사를 눈짓으로
알려 주기만 한다.

읍성의 흔적을 통해 시공을 초월한 선조들의 삶을 돌이켜 보

는 사색의 시간이 되었다. 완전한 형태도 아닌 일부분이지만 생생한 성벽의 흔적은 분명 보존 가치가 충분하다.

사랑니

 발치를 하려고 치과에 갔다. 의사 선생님이 보더니 그대로 둬
도 된단다. 잇몸도 건강하고 제대로 자리를 잡아서 뽑을 필요가
없다는 말이었다.

 동료 직원이 사랑니를 뽑은 무용담을 자랑스럽게 이야기했다.
입을 벌린 채 실감나게 재현을 한다. 입담 좋은 동료의 말에 그
만 귀가 솔깃했다. 이구동성 사랑니는 뽑아야 한다는 말에 마음
이 동했다. 이미 뽑았다는 사람도 있고 그래야 잇몸이 건강하다
는 말을 했다. 차라리 없는 게 낫다고 한다. 귀가 얇아서 꼭 뽑아
야 하는 것 같다는 생각을 하게 되었다.

 망설임 끝에 등 떠밀리는 심정으로 치과에 갔다. 귀찮아도 일
단 뽑고 나서 보자는 생각을 했는데 일이 우습게 된 것 같다. 의
사의 말대로 발치를 안 하는 것이 더 좋은 것인지 분간이 어렵

다. 그냥 돌아오면서도 마음 한 구석이 찜찜하다. 동료들의 말이 귓전에 왱왱거린다. 꼭 해야 될 일을 미처 하지 못 하고 되돌아오는 것 같다.

빨리 뽑아야 하는데 왜 이제야 왔느냐고 잔소리를 할 줄 알았는데 너무 뜻밖이다. 늦은 것 같아서 주눅이 들어 잔뜩 움츠리고 있었는데 잘못 들은 것 같았다. 막무가내로 앞뒤 가리지 않고 시원하게 뽑았으면 어떨까 하는 생각도 해봤다. 거추장스러워 보이는 이빨이 새삼 소중하다는 생각이 든다. 보존 상태가 좋아서 마음이 놓인다. 앓던 이빨도 아닌데 생니를 뽑았으면 사서 고생하는 것이 아닌가. 정직하게 진료를 해준 의사 선생님이 고마울 따름이다.

잇몸이 건강하다는 말에 안심했다. 예방 차원에서 건강할 때 관리를 잘해야 한다는 당부도 잊지 않았다. 직업상 입버릇 삼아 하는 말이 아니라 진심이 담겨 있었다. 그 말이 귀에 남아서 잊히지 않는다. 건강을 잃고 나서 후회하면 소용이 없다는 말까지 곁들여서 했다. 그냥 있어도 되는데 괜히 긁어서 부스럼을 만들 생각만 했던 것 같다. 특별히 관리를 한 것도 없는데 똑바로 남아 있어 줘서 고마운 생각도 든다.

어릴 때 흔들리는 이를 뽑지 않고 미루다가 고생을 한 적이 있다. 부모님께 혼날까 싶어서 숨기다가 들켜서 야단을 맞기도 했다. 이갈이는 누구나 겪어야 하는 과정이다. 실을 묶어서 기둥에 매달아 뽑은 적이 많다. 힘들게 뽑은 이빨을 지붕 위에 던졌다. 그래야 새 이빨이 보기 좋게 난다는 말을 많이 들었다. 뽑고 나면 별일도 아닌데 그게 왜 그렇게 힘이 들었는지 모르겠다. 시행착오를 겪었지만 이갈이를 제대로 하는 것도 큰 복이다.

뽑고 나면 합죽이라고 놀림을 받았다. 기억도 하기 싫지만 '앞니 빠진 합죽이'라는 말을 많이 들었던 기억이 난다. 이빨이 없으면 말이 새기 때문에 금방 표가 났다. 보기 싫다고 손으로 가리기도 하지만 숨길 수가 없었다. 혼자만 그런 것도 아닌데 막상 닥치면 너무 창피스러웠다. 새로 이빨이 난 후에도 이빨 사이에 틈이 생겨서 보기 싫게 나는 경우도 참 많았다. 이빨 때문에 애를 태우며 가슴앓이를 하는 날이 많았던 시절이다.

제때에 이를 뽑지 않아서 뻐드렁니가 된다. 가지런하지 못한 치아는 모습을 바꾸어 놓는다. 뻐드렁니는 보기 싫다. 제때 발치를 하지 못하면 보기 싫은 치아를 훈장처럼 달고 살아야만 한다. 잠시만 참았으면 될 걸 하며 후회하기 십상이다. 철이 든 후에도 못생겼다는 말을 들었던 친구가 있다. 얼굴은 호남 형인데 치아 때문에 많은 곤경을 겪었다. 사람을 만나면 일부러 피하는 모습을 볼 수가 있었다. 작은 실수가 응어리가 되어서 가슴에 남기도 한다.

친구가 겪는 서글픈 심정은 아랑곳없이 내 입장만 생각해 본다. 힘들지만 꾹 참고 제대로 뽑은 걸 다행으로 여긴다. 제때에 안 뽑는다고 어른들이 야단을 치던 심정을 알 것 같다. 주위에 치아로 고생하는 사람이 의외로 많다. 아파서 잠을 마음대로 못 잔다는 말을 많이 듣는다. 이빨이 오복 중에 하나라는 말이 이해가 된다. 해야 할 일을 뒤로 미루어 놓은 채 치료하러 다니는 사람을 보면 너무 안타깝다.

　병원에 다녀오면서 새삼 치아의 소중함을 알았다. 사랑니라고 해서 무조건 발치해야 하는 군더더기는 더욱 아니라는 생각이 들었다. 사랑니를 통해 의사 선생님의 귀한 말도 되새기는 행운을 얻었다.

보물찾기

공원에 단합 대회를 하러 갔는데 동료 직원이 결혼 선물로 받은 시계를 잃어버렸다. 모두 시계를 찾는다고 넓은 잔디밭을 이 잡듯이 헤집고 다녔다.

소풍을 가면 빠지지 않는 놀이가 보물찾기였다. 선생님이나 반장이 아무도 모르게 미리 숨겨 놓고는 시치미를 떼던 모습이 눈에 선하다. 널찍한 구역만 대충 가르쳐 주고는 찾으라고 했다. 즐거운 상상을 하면서 찾아다니지만 생각처럼 쉬운 게 아니었다. 운이 좋아서 찾았다 해도 보잘것없는 선물이었다. 정작 가치가 있는 큰 선물은 받아본 기억이 없다. 그러나 작은 선물이라도 마음이 들떠서 구석구석 정신없이 찾아다녔다.

소풍날은 언제나 즐거운 상상을 하게 된다. 보물찾기 시간을 손꼽아 기다리는 것도 큰 즐거움이었다. 장기 자랑이 끝나면 마지막으로 하는 행사였다. 어떤 날은 장기 자랑 시간에 받은 상보다 더 좋은 때도 있었다. 성과는 없어도 기를 쓰고 찾아다녔던 기억이 새삼 새롭다. 뭘 하나 뛰어나게 하는 것이 없어서 장기 자랑은 한 번도 나가본 적이 없다. 보물찾기는 누구나 참여할 수 있어서 좋다. 발품을 열심히 팔아도 소득이 없을 때도 있지만 말이다. 보물도 잘 찾는 친구들이 있다. 나는 노력에 비해 늘 신통치 않은 결과가 따랐다.

보물을 숨길 때는 여러 가지 장애물을 이용한다. 아무렇게나 생긴 풀 속이나 돌멩이 밑에 보면 곱게 접은 쪽지가 있었다. 벌레 먹은 삭정이나 고목 같은 데 숨겨 놓기도 한다. 열심히 돌아다녀도 허탕치는 경우도 많았는데 헛수고라고 생각하지 않았다. 운이 좋아서 찾으면 좋고 못 찾아도 그만이었다. 횡재 만난 친구를 보면 같이 좋아서 즐거워했다. 기껏 찾아서 보면 멍텅구리나 욕심쟁이 같은 별로 듣기 싫은 말들이 큰 선물을 받는 경우가 대부분이었다. 마지막 순간까지 마음을 졸이면서 잔뜩 기대하게 만들었던 생각이 난다.

작은 선물이 동나고 맨 끝에 큰 선물을 주는 시간이 되면 선생님께서 뜸을 들이는 경우가 많이 있었다. 문제를 내서 정답을 말하면 예정에 없던 선물을 주기도 했다. 장기 자랑으로 상을 받은 친구가 보물찾기도 잘했다. 동네 친구 녀석이 운 좋게 한번 찾은 걸 가지고 그것도 실력이라고 우쭐대던 생각이 난다. 행사가 끝나고 보면 좋아서 싱글벙글 웃는 사람은 따로 정해 놓은 것처럼 보였다. 같이 다녀도 상은 구경도 못하고 부러운 눈으로 쳐다보다가 돌아오는 날이 많았다. 오죽했으면 상 받은 친구가 개선장군처럼 보였다.

한번은 운 좋게 보물을 찾았는데 쪽지에 '바보'라고 적혀 있었다. 선물은 받았지만 덤으로 놀림감이 되어버렸다. 별명까지는 안 됐지만 한참이나 대명사처럼 불렸던 기억이 새삼스럽다. 바보라는 소리만 들리면 괜히 짜증부터 내고 신경질을 부렸다. 노골적으로 싫어 하니까 친구들도 슬그머니 꼬리를 내렸다. 놀리는 입장과 당하는 입장은 다르기 마련이다. 친구들이야 웃자고 했던 일인데 나는 마음고생이 심했다.

그 사건 이후 보물찾기는 마음의 상처로 남았다. 두 번 다시 놀림감이 되기는 싫었다. 친구들이 보물을 찾아 분주히 움직이는 동안 나는 숲 속에 앉아서 딴전을 피웠다. 친구들이 선물을 받는 모습을 물끄러미 바라만 보았다. 외톨이가 된다며 친구들이 핀잔을 주었지만 보물찾기는 나와 상관없는 일이 되어버렸다. 성격상 피해 의식이 많았던 것 같다. 풍문으로 선생님 귀에도 이야기가 들렸는지 그 후로는 보물찾기 쪽지에 좋은 말을 많이 썼던 것 같다.

학교를 졸업한 후에도 후배들이 소풍을 가서 보물찾기를 한다고 하면 항상 그때의 추억을 생각했다. 제자들에게 웃음을 주려

했던 선생님의 의도와 다르게 상처가 된 사건이다. 내게는 힘들고 괴로운 일이었지만 덕분에 다른 친구들은 즐거워했다. 깔깔거리며 좋아하던 친구들 얼굴이 스치고 지나간다. 소풍 하면 보물찾기가 생각나서 자연스럽게 그때 일을 떠올리게 된다. 이제와서 생각을 해 보니 그 말을 썼던 선생님이 이해가 된다. 웃음이 넘치고 재미있는 이야기를 잘 해주던 선생님이라 학생들한테 인기가 많았다. 세월 탓인지 이제는 원망의 마음도 사그라졌다.

잔디밭을 샅샅이 뒤져서 직원이 잃어버린 시계를 찾을 수 있었다. 어지간한 물건이라면 대충 찾고 말았겠지만 결혼 예물이라는 이유로 너나없이 고생을 감수해야 했다. 그나마 찾게 되어서 다행이지만 못 찾으면 많은 원망을 들어야 할 형편이었다. 시골에서 밭을 매는 것처럼 잔디밭 구석구석을 헤집고 다녔다. 호미만 안 들었지 영락없는 밭매기 작업이었다. 어쩔 줄 몰라서 발을 동동 구르다가 안도의 한숨을 내쉬던 동료의 얼굴을 지금도 잊을 수가 없다.

잃어버린 반지를 찾으면서 보물찾기 기억을 떠올렸다. 보물은 타인이 숨겨둔 것을 찾는 것이 아니었다. 내 안에 보물이 있다. 작은 욕심에 눈이 멀어 허방을 짚기도 하고 '바보'라고 놀림을 받기도 했다. 한 때의 아픈 기억을 통해 보물찾기는 숨겨진 나를 발견하는 것임을 새삼 깨닫게 된다.

물이 없는 약수터

    평소에 자주 가는 약수터에 물이 말랐다. 너무 황당하고 어이가 없는 일이다. 어쩌다가 이 지경이 되었는지 예전처럼 시원한 약수를 마실 수 없다.

    대덕산 자락의 달비골은 소문난 청정 계곡이다. 사철 맑은 물이 흘러내리고 여름이 되면 반딧불이가 날아다녔다. 감로수처럼 달콤한 약수는 지금도 잊을 수가 없다. 숲길이 좋고 물맛이 좋아서 매일 찾아가는 산책길이었다. 삼림욕장 같은 아름다운 떡갈나무 숲을 걷노라면 앙증맞은 다람쥐가 친구가 되기도 한다. 주말이면 코흘리개 아이들이 소풍 오는 모습을 가끔 볼 수가 있어서 참 보기 좋았다. 볼거리가 많아서 찾기만 하면 그대로 훌륭한 자연 학습장이었다. 무덤가에는 '뱀 아파트'라는 돌담이 있어서 고향 집을 떠올리기도 했다.

약수터를 가면서 어떤 교수님이 학생들에게 강의하는 모습을 본 적이 있다. 예사로 지나쳤던 바위 하나에도 많은 이야기가 숨어 있었다. 지구의 역사가 모두 담겨 있다는 말을 들었다. 평범하게 끼어 있는 이끼에도, 아무 인연이 없을 것 같은 나무 한 그루에도 저마다 사연이 있었다. 보호막으로 쌓아 놓은 돌무더기가 뱀 아파트라는 재미있는 표현도 그때 처음 들었다. 선물로 줄게 없는 대신 다양한 지식을 담아 가라고 했다. 시간 가는 줄 모르고 학생들 틈에 끼여 감명 깊게 이야기를 들었던 기억이 난다.

체육 행사를 마치고 직원들과 계곡을 찾았다. 계곡 중턱에는 저수지와 숲이 조화롭게 자리를 잡고 있었다. 숲 입구에 있는 '임휴사' 까지는 다닌 적이 있지만 계곡 안으로 들어온 것은 처음이다. 저수지가 있는 줄도 몰랐고 약수터가 있다는 사실도 몰랐다. 우연히 한번 찾았다가 반해서 집을 달비골로 이사를 오게 되었다. 이사를 온 어느 봄날 뻐꾸기 울음소리를 듣고 고향에 온 것 같은 착각에 빠졌다. 밤이 되면 개구리 울음소리도 시골의 정취를 더해 주었다.

널찍한 산책로가 내게는 운동장이 되기도 했다. 경사가 그리 가파르지 않은 게 언덕 훈련하기에는 그대로 안성맞춤이었다. 반딧불이를 벗 삼아 하루에도 몇 번씩 오르내렸던 아름다운 추억은 생각만 해도 즐겁다. 포장이 되어 있는 산불 감시 초소 입구까지는 가파른 오르막이어서 힘든 구간이다. 포장도로만 지나면 맨땅이 나와서 뛰기도 좋고 별로 힘든 줄도 몰랐다. 저수지를 지나면 원기사로 오르는 갈림길이 나오고 조금만 더 오르면 반딧불이를 만날 수 있었다. 정겨운 친구 같았던 반딧불이를 지금은 볼 수가 없다는 사실이 안타깝다.

달비골에 정을 주고 살았는데 소문이 현실이 되어 버렸다. 소문만 무성했던 상인 범물 간 순환도로 공사가 시작되었다. 아름드리 떡갈나무가 잘려나가는 걸 보고는 마음이 변했다. 새삼 환경의 소중함을 뼈저리게 느끼는 동기가 되었고 많은 관심을 끌게 되었다. 너무 경제 논리만 앞세워 환경 문제는 무시하는 것 같아서 마음이 아프다. 언제나 포근함을 안겨 주었던 떡갈나무가 사라지면서 내 몸과 마음도 허물어졌다. 환경 단체와 주민의 반대도 개발 논리에는 소용이 없었다. 나무를 부둥켜안은 채 몸부림치며 반대를 했지만 부질없는 짓이 되었다.

고향의 품처럼 아늑했던 달비골을 떠나기로 했다. 절이 싫으면 중이 떠나야 하는 것 아닌가. 개구리나 뻐꾸기 울음소리를 들을 수도 없고 반딧불이도 없는 동네로 이사를 했다. 그동안 정든 곳이지만 돌아선 마음을 돌이킬 수가 없다. 고향을 떠나 객지로 떠나는 기분이다. 반겨 찾지 않을지도 모른다는 막막한 감정이 들어서 너무 서운했다. 봄이 오면 내가 좋아하는 진달래가 지천으로 피어나 꽃 대궐을 만드는 아름다운 동네였다.

그곳을 떠난 이후 모처럼 찾았다가 실망했다. 개발 이후 물이 말라버렸다. 결코 믿고 싶지 않았지만 분명한 사실이었다. 시일이 지나면 복구가 될 거라는 안내문도 있었지만 한 번 끊어진 물줄기는 되돌릴 수가 없었다. 우려했던 일이 현실로 드러났다. 허파와 같은 아름다운 숲과 약수를 빼앗아 간 사람들이 원망스럽다. 물이 마르고 나서 구름다리를 놓고 물탱크를 만들기도 했던 일을 생각하면 어처구니가 없다.

고향을 찾은 것처럼 포근하기만 하던 숲길도 이미 옛길이 아니다. 아름드리 떡갈나무도 사라지고 도토리를 입에 물고 달음질치던 귀여운 다람쥐도 어디로 갔는지 잘 보이지 않는다. 공사 현장을 바라보고 있자니 심장이 터질 듯 쿵쾅거린다. 산허리가 뻥 뚫린 터널을 보니 포탄에 맞아 초토화된 것 같다. 정겹기만 했던 반딧불이는 이제 동화책 속 이야기가 되었다. 잊지 못해서 생각이 나면 가끔 찾기도 하지만 아름다웠던 행복은 맛볼 수가 없다. 이 실망스러움을 어찌 말로 다 표현하겠는가.

말라 버린 약수터를 넋을 잃은 채 바라보고 있자니 억장이 무너진다. 나는 어릴 적 어머니 젖을 제대로 먹지 못하고 자랐다. 말라버린 약수터를 보고 있자니 가죽만 남은 어머니 젖꼭지를 보는 것 같다. 숲은 허파이고 물은 생명의 젖줄이다. 개발도 좋지만 생명을 보전하는 것이 더 우선이 아닐까.

불심검문

둥산을 가는 길에 휴게소에 들러 볼일을 보러 가는 길이다. 급하게 걸어가는데 누군가 내 손을 꼭 잡았다. 누구인지 몰라서 한참을 쳐다봤는데 퍼뜩 생각이 안 난다.

사회 생활을 시작하고 얼마 안 돼서 학원에 다닐 때 경험했던 일이다. 하루는 학원에 가는데 차를 놓쳐 허둥댔다. 가방을 들고 발을 구르며 안절부절못하는 내 모습이 조금 이상해 보였던 모양이다. 그런 나의 행동을 눈여겨보는 사람이 있었나 보다. 누군가 다가오더니 손을 덥석 잡고 따라오라고 했다. 놀라서 손을 빼려고 했지만 힘껏 쥐고는 놔 주지를 않는다. 안간힘을 써 봤지만 혼자 힘으로는 빼낼 도리가 없었다. 별수 없이 강제로 끌리다시피 해서 근처에 있는 조그만 건물로 따라갔다.

나중에 알고 보니 방범 초소였다. 갑자기 당한 일이라 어안이

벙벙했다. 무지막지한 힘으로 벽으로 밀어붙이는 데 정신이 없었다. 혼자서 뭐라고 하는 것 같았는데 아무 말도 생각이 나질 않는다. 형사라고 하면서 신분증을 꺼내서 보여 주는데 제대로 볼 수가 없었다. 신분증을 엉겁결에 보기는 했지만 글씨는 안보이고 사진만 보였다. 강제로 가방을 뒤져 보더니 몇 가지 더 물어보고 나서 그만 가도 된다며 풀어 줬다. 사과 한마디 없이 차갑게 노려보기만 했다. 저승사자한테 잡혀갔다가 풀려나는 기분이었다.

갑자기 당한 일이라 당황해서 정신이 없었다. 말 그대로 불심검문을 받았다. 불안했던 나의 행동이 수상한 사람으로 오해받게 되었다. 하필이면 사람이 많이 다니는 정류장에서 곤욕을 당했다. 그 뒤로 지나는 길에 관심을 가지고 살펴보기도 했지만 그 형사는 더 이상 보이지 않았다. 방범 초소를 지나면 그때 일이 생각나서 일부러 쳐다 볼 때가 있다. 왜 그 때는 정당하게 사과를 받지 못했을까. 경황이 없어 제대로 처신하지 못한 어리석은 행동이었다.

지은 죄도 없으면서 부끄럽고 창피스러웠다. 힘없이 끌려가는 모습을 누가 본 것 같았다. 연행되어 가는 장면을 목격한 사람이 나쁜 소문을 퍼뜨릴 것 같았다. 파출소라면 민생 치안을 담당하는 곳인데 그 일이 있고 나서 그곳이 오히려 두려움의 대상이 되어 버렸다. 사람이 죄짓고 못 산다는 말을 듣기는 했지만 예사로 생각을 했다. 이제는 그런 심정을 조금은 알 것 같다. 들추고 싶지 않은 씁쓸한 추억이다. 형사라는 말만 들어도 오금이 저린 것 같아서 괜스레 무서워하게 되었다.

군 복무 시절 휴가를 나오는 길에 헌병으로부터 검문을 받은 적이 몇 번 있었다. 완장만 보고도 겁이 나서 숨고 싶을 정도로 무서워했던 시절이다. 헌병이 꼭 저승사자 같다는 생각을 많이 했다. 군인들은 제일 무서운 게 헌병이었다. 처다보기만 해도 괜히 오금이 저렸다. 검문소를 통과하려면 어김없이 검문하는데 그때는 신분이 군인이어서 예사로 생각을 했다. 검문을 안 하면 이상하다는 생각이 들 정도로 당연하다고 여겼다. 검문소를 벗어나야 비로소 안심되고 휴가 기분을 제대로 낼 수가 있었다.

예전에는 군데군데 검문소가 많았다. 민간인이 탄 차량에도 헌병이 올라와서 검문하는 모습을 흔히 볼 수 있었다. 안보가 뭔지 먼저 생각을 하게 했던 무거운 사회 분위기를 그대로 느끼면서 살았다. 동네마다 입구에 붉은 글씨로 새겨 놓았던 멸공 표어들을 지금도 기억을 한다. 멸공이라는 용어도 알고 보면 참 무서운 말이다. 요즘은 보기 어려운 광경이다. 불심검문은 그때가 처음이었는데 그 뒤로는 경험이 없다. 헌병이 아닌 형사였지만 지금도 그때 생각을 하면 잡혔던 손목이 뻐근해지는 것 같다.

요즘은 사방에 감시 카메라가 경계의 눈초리로 지켜보고 있다. 모든 사생활이 노출된다. 아무리 범죄 예방용이라고 하지만 섬뜩하다. 개인의 일거수일투족을 간섭하는 것 같다. 서로가 서로를 감시하면서 살아야 하는 각박한 세상이다. 감시 카메라를 보면 나의 행동을 뚫어지게 노려보던 형사와 같다. 정이라고는 조금도 찾아 볼 수 없는 사납기만 했던 무서운 눈이다. 두 번 다시 보고 싶지도 않고 생각하기도 싫은 끔찍한 경험이다. 세월 속에 묻혔지만 가끔 생각이 나면 나도 몰래 몸서리를 친다.

감시 카메라는 무소불위 검문 중이다. '불심검문' 참으로 끔찍한 기억이다.

5
해바라기

풍경 소리

고즈넉한 산사를 찾아 도반들과 성지순례를 갔다. 추녀 끝에서 바람결에 울려 퍼지는 풍경 소리가 청아하다.

음악 시간 실기 시험으로 노래를 불렀다. 친구들이 보는 가운데 차례로 앞에 나가서 직접 노래를 부르는 시간이었다. 평소에 열심히 따라 불렀지만 내 것으로 만들지 못했다. 노래 잘하는 친구가 그저 부럽기만 했던 지나간 학창 시절이다. 내 순서가 되면 눈앞이 캄캄해서 어떻게 불렀는지 기억도 없다. 노래를 못해서 부끄럽다는 생각만 했고 친구들 얼굴을 똑바로 바라보지도 못했다. 괜히 조바심만 나서 음악 시간이 빨리 지나가기만 바랄 뿐이었다. 학년이 끝날 때까지 음악 선생님만 보면 미안하다는 생각을 하고 지냈다.

지금도 기억하는 '성불사의 밤'이라는 노래가 있다. 노래 가사를 완전히 기억을 못 하지만 가사 첫머리에 풍경 소리가 나온다. 왜 그랬는지 그때부터 절에만 가면 풍경 소리가 들린다고 생각을 했다. 절과 인연을 맺은 이후에 성지순례도 자주 가고 틈이 날 때마다 산사를 찾는다. 은은하게 들려오는 풍경 소리를 들으면 음악 시간에 불렀던 노래 가사를 기억하고는 했다. 무섭기만 했던 선생님이 생각나고 안됐다는 표정을 짓는 것 같았던 친구들 생각이 난다.

학교에 다닐 때도 그렇지만 지금도 마찬가지인데 노래를 참 못한다. 흔히들 말하는 타고난 음치라고 생각을 한다. 누가 제일 자신이 없는 걸 물어보기라도 하면 서슴없이 노래라고 할 정도로 너무 창피스럽다. 그래도 체면이 있어서 한번 배워 보겠다는 생각은 좀 해봤다. 그런데 노래를 배운다며 노래방도 뻔질나게 다녀 봤지만 얼마 못 가서 포기하고 말았다. 내가 생각을 해봐도 정말로 한심할 때가 있다. 지금은 배우기보다는 '가요무대'나 '전국노래자랑' 같은 걸 즐겨서 본다. 꿩 대신 닭이라고 신나게 노래 부르는 모습을 보면서 대리만족을 얻는다.

노래뿐만이 아니다. 손방이라서 제대로 하는 것이 별로 없다. 손재주가 좋은 형님 반만 닮으라는 소리를 많이 듣고 자랐다. 노래며 그림, 운동 등 뭐 하나 잘하는 것이 없었다. 타고난 음치에 소문난 몸치였다. 그나마 다행이라면 엄청난 노력으로 몸치는 어느 정도 면했다는 사실이다. 지나간 일이지만 달리기라면 자신이 있다고 제법 우쭐거리며 지내던 시절도 있었다. 땀은 거짓 말을 하지 않는다는 사실을 몸으로 느끼기도 했다. 혹독한 대가 를 치렀지만 꾸준한 노력은 자신감과 용기를 선물해 주었다.

피나는 노력을 한 덕분에 몸치는 면했지만 아직도 음치는 극 복하지 못했다. 노래를 못해서 기가 죽는 경우가 많다. 우리 주 위에 언제부터인가 노래방이 생겼다. 너무나도 좋은 기회라는 생각이 들었다. 지금은 흔하지만 초창기에는 신기할 정도로 사 정이 달랐다. 무엇에 전염이라도 된 사람처럼 한동안 틈만 나면 가요방 문지방이 닳도록 찾아다녔다. 그것도 잠시 노래를 배울 생각보다는 다른 재미에 마음을 뺏기고 말았다. 노래방에 가면 남들이 부르는 모습을 구경만 하면서 정작 엉뚱한 데 정신을 팔 았다.

아쉽지만 성불사에는 아직 한 번도 가보지 못했다. 시간이 나 는 대로 가 본다는 게 늘 마음뿐이다. 많은 절을 찾아 성지순례 를 다녔는데 기회가 닿지 않았다. 백팔염주 회향도 했지만 숙제 를 남긴 것처럼 다음 기회로 미루기만 한다. 어쩌면 성불사는 내 마음속에만 있는지도 모른다. 한번 가 본 적도 없는데 언제나 눈 에 선하다. 비교적 가까운 팔공산이나 앞산 자락의 절보다도 먼 저 생각이 난다. 직접 가지는 못해도 마음은 성불사 앞마당을 거 닌다.

오매불망 그리던 마음의 성불사를 잠시 잊고 살았다. 여유를 잃어버리고 바쁘게 살다 보니 마음의 끈을 놓고 있었다. 그러다가 불교와 인연을 맺으면서 다시 살아났다. 성불사에 대한 그리움은 끝도 모르는 깊숙한 곳에서 잠자고 있다가 성지순례를 하면서 고개를 불쑥 내밀었다. 성지순례만 나서면 꼭 성불사에 간다는 착각을 하기도 했다. 특별한 인연도 없으면서 빛바랜 추억도 없는데 잊고 지내던 친구를 떠올리는 심정이다. 멀리 떠나 있어도 잊을 수 없는 고향의 친구처럼 꼭 만나 봤으면 하고 가슴에 품은 채 살아간다.

뿌리를 찾는 심정으로 성불사에 한번 가 봤으면 좋겠다. 똑같이 생긴 모양이지만 성불사에 있는 풍경은 좀 특별할 것 같다는 생각을 많이 했다. 풍경은 성불사에만 있다고 착각하는 경우도 있었다. 학창 시절에 불렀던 노래 가사가 이렇게 큰 울림이 되어 잊지 못하는 까닭은 무엇인가. 눈 감으면 바람에 흔들리는 풍경이 눈에 선하다. 행여 바람이 불면 풍경 소리가 귓전을 울리는 것 같다. 언제나 해를 따라 도는 해바라기처럼 마음속의 풍경은 늘 바람을 기다리고 있는 것 같다.

절은 산중에 있어도 풍경 소리는 항상 곁에 있다. 지나는 미풍에 풍경 소리가 들리면 어머니의 품에 안긴 것처럼 포근하다. 향수가 밀려오고 어머니가 그리우면 성불사 풍경 소리에 이끌려 산사를 찾는다.

딱따구리

진달래꽃을 보기 위해 산에 갔다. 사방을 두리번거리며 산을 오르는데 어디선가 투박한 소리가 들린다. 궁금해서 쳐다보니 딱따구리가 나무에 구멍을 뚫는다.

한때 '신토불이'라는 대중가요가 인기를 끌었다. 구수한 노래 가사가 마음에 들었다. 우리 것을 바로 지키자는 운동이 들불처럼 번지기도 해서 좋아했다. 다방면에 걸쳐서 우리 것이 좋다는 말에 누구나 공감을 했다. 분위기에 맞춰서 우리 음악을 제대로 알고 싶었다. 마땅히 알아야 할 일인데도 흘러들어온 서양 음악에 밀려서 제대로 대접을 못 받는다. 많은 정신적 문화재가 전수자도 없이 사라진다는 게 가슴이 아프다. 참 좋은 운동이라는 생각을 했는데 냄비 근성 때문에 오래가지 못해서 아쉬웠다.

교육원에서 교육을 받았다. 국악을 가르치시는 교수님이 수업

중에 틈을 내어 우리 가락을 한 소절씩 읊었다. 목소리가 좋아 명창의 반열에 올려도 손색이 없을 정도로 꽤 이름난 교수다. 그 분은 우리의 소리를 들려주는 것을 낙으로 삼았다. 수업 시간에 교육생들이 조금만 졸아도 우스갯소리로 잠을 달아나게 해주었다. 재미있는 이야기를 섞어 가면서 강의를 잘한다고 인기가 많았다.

짧은 교육 기간 동안 꽤 많은 우리의 노래를 접했다. 우리 것을 지키기 위해서 정열을 바치는 모습이 보기 좋았다. 나도 그랬지만 점심을 먹은 후에 교육생들이 많이 졸았다. 제목은 몰라도 쉽게 잊히지 않는 가사가 있다. "산에 사는 딱따구리는 없는 구멍도 뚫는데 우리 집 영감은 왜 있는 구멍도 못 뚫나." 교육생들이 배꼽을 잡고 웃었다. 나이가 든 여성은 소리 내어 웃는데 아가씨들은 얼굴만 붉혔다. 수업 내내 재미가 있어서 졸음은 저만치 달아나 버렸다.

수업을 받으면서 시간이 짧아 직접 실습을 못해 본 게 불만이었다. 잘 하지는 못해도 체험을 해 봤으면 좋겠다는 생각을 많이 했지만 마음대로 안 됐다. 평소에 주위에서 보기 어려운 악기를 볼 수 있었다. 역시 우리 것이 좋다는 생각이 많이 들어서 즐거워했던 시간이다. 우리 것임에도 생소한 악기가 많았다. 방송에서 가끔 본 적은 있지만 실제로 본 적이 없던 악기였다. 자존심이 상할까 싶어서 말은 안 했지만 신선한 충격이었다. 입으로만 우리 것을 찾으면서 얼마나 관심이 없었는지 피부로 느꼈다.

실제로 피리 하면 어릴 때 만들어 불렀던 보리피리만 생각했다. 밭두렁을 오가며 심심풀이로 꺾어 불렀던 보리피리는 좋은 장난감이었다. 피리도 많은 종류가 있다는 사실에 놀랐다. 우리 것이기에 보존할 가치가 있어서 당연히 그래야 한다는 사명감이 생기는 것 같았다. 주변에 있지만 모두 소중한 가치가 담겨 있는 우리 것이다. 몸에 안 맞는 옷을 남의 옷을 입고 정신을 뺏겼다. 우리 것이 왜 좋은지 알게 되니 비로소 애착이 갔다. 우리 것의 소중함과 자부심을 느끼는 교육이 되었다.

교육이 끝난 후에 소감문 발표를 하는 시간이다. 마음을 졸이면서 기다려온 시간이었다고 생각을 한다. 한 사람씩 가장 기억에 남는 말을 하라며 시켰다. 서로들 하고는 싶으면서도 눈치를 보느라 쉽게 못 하는 말이 있었다. 나도 그 말이 하고 싶어서 목구멍까지 올라왔지만 용기를 못 냈다. 그랬는데 누군가 용기를 내서 하는 말이 "왜 그거 안 있나 딱따구리."라고 하니까 교실 안은 웃음바다가 되었다. 딱따구리 한 마리가 많은 사람을 웃기면서 행복하게 했던 추억이다. 그날 이후로 산에만 가면 딱따구리를 만날지도 모른다는 생각에 촉각을 곤두세운다.

관심이 없다 보니 재미도 없는 노래라고 생각을 했는데 처음으로 호기심을 가졌다. 알고 보면 우리 가사에는 의미와 재미가 함께 녹아있다. 들을수록 정이 넘치는 것 같다. 이후로는 딱따구리라는 소리만 들어도 웃음보가 먼저 터져 나온다. 소리 없이 세월은 흘렀지만 국악 이야기를 하면 그때가 기억난다. 우리 것이 좋다는 생각을 깨닫게 해 주었고 소중함을 알게 되었다. 우스갯소리와 함께 찾았던 우리 가락이다. 더 많은 국민이 소중한 우리 것을 찾고 제대로 알았으면 좋겠다는 희망을 품어본다.

산에 가면 딱따구리가 보고 싶다.

경쟁

스포츠 경기를 자주 본다. 뛰어난 성적이나 기록을 남겨서 집중 조명을 받는 선수가 있다. 자기의 한계를 극복하고 우수한 성적을 내는 선수는 본받을 것이 많다.

친구들은 나를 별 볼일이 없는 인간으로 대했다. 타고난 재주가 없어서 어쩔 수 없었다. 아무리 생각해봐도 뭐 하나 제대로 하는 게 없으니 한심한 인사가 아닌가. 학교에 가면 달리기를 못해서 흔한 공책도 한번 받아 보지를 못했다. 운동회 때 달리기를 하면 공책을 상품으로 주었다. 매번 공책을 받아 오는 동생을 보면 너무 부러웠다. 오죽했으면 동생 반만 따라가라는 말을 들었을까. 상을 받고 싶은 마음은 굴뚝같지만 언제나 남의 일이었다.

동네에서도 시합이나 놀이를 하면 꼴찌는 내 몫이었다. 무슨 내기를 해도 이겨 본 기억이 별로 없다. 꼭 이겨야겠다는 간절한 바람도 공염불에 지나지 않았다. 심지어 어린 후배들에게도 지는 경우가 많았다. 명절날 동전 던지기도 보태주기 바빴다. 나는 놀이에 있어 만만한 밥이었다. 뿐만이 아니었다. 같이 어울려 다니면서 말다툼 끝에 시비라도 붙으면 겁이 나서 도망갈 생각만 했다.

굼벵이도 구르는 재주가 있다고 하는데 아무리 생각해도 이해가 되지 않았다. 개교기념일에 꼭 마라톤을 했다. 전교생이 모여서 달리기를 했는데 엄청 먼 거리를 뛰었다. 맨 먼저 완주하는 학생이 밥솥을 상으로 받는데 언제나 부러움의 대상이었다. 그때는 잘 뛰는 사람을 보면 부러워하면서도 도전해 보겠다는 용기가 없었다. 조금만 뛰면 숨이 차고 지쳐서 운동은 타고난 사람만 하는 줄 알았다. 시합 때만 되면 뛸 때보다 걸을 때가 더 많았다. 완주도 제대로 못 하고 동네 입구에 있는 버드나무 숲에서 앉아 놀기만 했다. 놀다가 되돌아오는 사람을 보고 좋아했던 기억이 난다.

오랜 세월이 흘러 사정이 좀 변했다. 매사 우쭐거리던 친구는 재주만 믿고 허송세월을 보냈다. 타고난 재주보다 땀방울이 더 소중하다는 걸 미처 몰랐기 때문이리라. 언제나 운동 잘하는 친구가 부러웠는데 제대로 꽃을 피우지 못해 아쉽다. 언젠가 동창회에 가서 보고 실망을 많이 했다. 분명히 성공했을 거라며 믿었던 친구인데 재주를 마음껏 펼치지 못하고 있었다. 안타깝다는 생각도 들고 마음 한쪽이 허전했다. 내 기억에 남아 있는 우러러 보이던 모습이 전혀 아니었다. 언제나 밝게 웃으며 자신감에 차 있던 얼굴은 온데간데없었다.

예전에는 실력 차가 커서 용기를 못 냈지만 마음 한구석에는 늘 아쉬움이 자리하고 있었나 보다. 기분 좋게 이겨서 승리의 기쁨을 맛보고 싶었지만 방법을 몰라 마음에 품고 살았다. 오랜 세월이 지난 후에 드디어 기회가 찾아왔다. 우연히 달리기에 재미가 붙어 마라톤에 도전하게 되었다. 여러 대회에 출전하여 한 번은 고향 친구를 만났다. 막상 부딪치게 되니까 많은 감정이 스치고 지나간다. 반갑게 인사를 하는 것도 잠시 경쟁 상대로 변했다. 어릴 때는 경쟁 상대로 엄두도 내지 못했는데 늦게나마 한번 이겨 보고 싶었다.

마음을 단단히 먹고 뛰었는데 싱겁게 끝나버렸다. 입장이 변해서 친구는 나한테 경쟁 상대가 안 됐다. 평소에 열심히 땀 흘려 노력한 보람을 느낄 수가 있었다. 사회 생활을 한 이후로 운동을 안 했는데 경험 삼아 나왔다고 했다. 아무렴 어떠랴. 늘 뒤지고 살았던 과거를 보상받은 기분이라 하늘을 날듯이 기뻤다. 늘 마음속에 벼르고 살았는데 원을 풀었다. 정식 시합은 아니지만 쉽게 잊지 못할 것 같은 날이었다. 하지만 아직도 나는 고프다. 한 번 이긴 것으로 마음의 빚을 다 풀지는 못했기 때문이다.

친구는 별다른 반응이 없다. 운동을 잘해 우상처럼 생각했는데 정작 본인은 모두 잊고 사는 듯 보인다. 상대방은 아무 관심도 없는데 나만 자격지심에 빠져 있었나 보다. 지난 세월 괜히 패배 의식에 빠져 살았던 것 같다. 학창 시절 이야기를 하며 추억을 들추어 보았다. 모두가 지난 이야기라며 웃기만 한다. 좋은 기록을 내지 못해 운동하고는 담을 쌓고 살았다는 말이었다. 승리의 기쁨으로 홀가분하던 마음은 사라지고 착잡해진다. 이제 아픈 상처는 잊고 마음을 비워야 할 것 같다.

집착이 많다 보니 뭔가에 쫓기면서 살아온 것 같다. 한 우물을 판다는 생각으로 열심히 했지만 뒤돌아보니 남은 게 없다. 남들처럼 평범하게 살아야 했는데 모난 구석도 참 많다. 별스럽게 재미도 없는 인생을 살았다고 생각을 한다. 남에게 융통성이 없다는 말을 많이 듣는다. 운이 좋아서 달리기로는 원을 풀었지만 인생살이는 아직도 꼴찌를 면하지 못했다. 마음속에 응어리가 되었던 친구도 잊은 지 이미 오래되었지만 또 다른 경쟁 속에서 살고 있다.

경쟁에서 남한테 지기 싫었는데 이기고 보니 별것 아니었다. 과연 뒤지는 것은 무엇인가. 지금도 남보다 한결음 떨어지는 인생을 살고 있지만 따지고 보면 오십보백보다. 뒤진다는 생각보다는 열심히 따라가겠다는 마음으로 살고자 한다.

해바라기

주말에 운동 경기를 보러 갔다. 응원 도중에 군것질이 하고 싶어 매점에서 볶은 해바라기 씨를 사 먹었다.

학교에 청소를 하러 갔다. 일요일에 마을별로 묶어서 순번제로 운동장 청소를 했다. 동네가 멀리 떨어진 아이들은 빼고 읍내 친구만 당번을 정해 놓았다. 당번 때 빠지면 조회 시간에 불러내서 망신을 주기도 하고 벌을 주기도 했다. 청소를 하기 싫어서 다른 동네로 이사 갔으면 좋겠다는 생각도 했다. 자주 하는 것도 아니고 기껏해야 일 년에 몇 번이 고작인데 당번이 아닌 친구들이 부러웠다. 우리는 말만 좋아서 읍이지 읍내에서 한참 떨어진 동네에 살았기에 손해 보는 느낌이었다.

개인은 물론이고 동네별로 점수를 매겼다. 출석률이 낮으면 지도 주임 선생님은 공동으로 훈시나 꾸중을 했다. 처음에는 동네

형들이 겁나서 싫은 내색도 못 하고 따라다녔다. 혹시라도 빠지면 상급생들에게 시달렸다. 어쩌면 선생님보다 더 무서운 것이 형들이었다. 누가 이따위 청소 당번을 정했는지 원망스러웠다. 학교에 다니면서 그저 귀찮고 힘들다는 생각에 내가 주인이라는 생각을 해 본 적은 없었다. 항상 불만이 가득했을 뿐이었다.

교정 한편에 해바라기가 있었다. 아침에는 고개를 숙인 채 볼품이 없지만 햇빛만 나면 완전히 딴판이었다. 언제 그랬냐고 시위라도 하는지 고개를 빳빳하게 치켜세웠다. 오랫동안 사귄 친구나 연인처럼 잠시라도 떨어져 살 수가 없는 좋은 짝이라고 생각을 했다. 언제 봐도 내가 세상에서 제일이라며 으스대는 것처럼 보였다. 당당한 그 모습이 너무 보기 좋아서 거듭 쳐다보고 다녔다. 절대로 기죽지 말고 큰 뜻을 품고 살아야 한다고 몸으로 가르쳐 주는 듯했다. 해바라기만 보면 저절로 희망이 솟는 것 같았다.

하루는 청소를 마치고 집에 돌아올 시간이었다. 동네 친구 하나가 무슨 생각을 했는지 해바라기 씨를 뽑아 먹었다. 급기야 누구 할 것 없이 해바라기 씨를 따먹기에 정신이 없었다. 앞뒤 가리지 않은 행동이 결국 화를 자초했다. 언제 왔는지 잔뜩 화가 난 급사 아저씨한테 붙들려서 냄새나는 신발짝으로 맞았다. 빠져나가려고 변명을 해도 인정사정없이 때렸다. 즐거워야 할 일요일이 그저 악몽 같은 날로 변해 버렸다.

문제는 거기서 끝난 게 아니었다. 해바라기 씨를 따먹은 사실이 보고가 돼서 단체 훈시와 벌 청소를 했다. 한 달간 운동장 청소는 기본이고 화장실 청소까지 도맡아 하게 되었다. 해바라기를 따 먹었다고 친구들 사이에 낙인이 찍혔다. 누가 해바라기를 따 먹었다는 소리가 들리면 먼저 나를 쳐다보았다. 탐스럽고 보기 좋은 해바라기가 애물단지처럼 보였다. 희망의 대상이 미움과 원망의 대상으로 변해 버렸다. 해바라기가 무슨 죄인가.

지금도 가끔 그때의 일이 생각난다. 저승사자처럼 보였던 급사는 어디서 뭘 하며 사는지 궁금하다. 그때 당시는 원망도 많이 했지만 내게 좋은 교훈이 되었다고 생각한다. 그 일이 없었다면 아무 죄책감 없이 계속 해바라기를 훔쳐 먹었을 것이다. 실제로 운이 좋아서 안 잡힌 친구들은 늘 그렇게 하고 지냈다. 못난 바보같이 왜 잡히는지 모르겠다며 놀려대는 친구도 있었다. 서리는 언제 해도 재미있다며 무용담처럼 자랑삼아 이야기하면서 으스대던 친구였다. 내가 보는 앞에서 보란 듯이 먹는 걸 보면 한 대 때려 주고 싶은 기분이 들었다.

낙동강 강창 꽃길에서 해바라기를 보고 학창 시절을 떠올렸다. 둑길을 따라 팔을 벌린 채 서 있는 해바라기가 꼭 코스모스 호위병처럼 보였다. 달성습지를 배경으로 너무나 아름다웠다. 파란 하늘을 날아다니는 고추잠자리가 잠시 해바라기의 품에 쉬어가기도 하였다. 아름다운 광경을 넋을 잃고 즐기다가 잊었던 추억이 되살아났다. 아픈 기억 때문에 다시는 쳐다보지 않으려 했던 해바라기다. 친한 친구처럼 미운 정 고운 정이 고스란히 남아 있었던 모양이다.

해바라기 씨를 먹으며 스포츠 관람도 뒷전인 채 상념에 잠겼다. 일편단심 태양을 바라는 해바라기처럼 정직하게 살아야겠다는 내 마음도 변함이 없다. 해바라기는 나에게 가르침을 준 꽃이다.

가정방문

우리 집에 손님이 찾아왔다. 한 번쯤 오겠다는 말은 들었지만 설마 오겠나 싶었는데 진짜로 올 줄은 몰랐다.

농촌 지역은 부모가 학교에 찾아오는 일은 거의 없었다. 운동회 하는 날이나 소풍 날 한두 번 오는 것이 고작이었다. 사는 형편도 넉넉하고 부모가 자주 학교에 방문하는 친구는 부러움의 대상이었다. 그것도 제 복이지만 우리 집과는 거리가 멀다고 생각했다. 학부모 회의나 크고 작은 행사가 있어도 우리 집은 당연히 참석하지 못 한다고 생각했다. 생활에 여유도 없고 학교 일에 관심이 없었다.

그 당시에는 학급이 콩나물시루와 같았다. 인원이 많다 보니 학기 초만 되면 얼굴을 익히는 데 많은 시간이 걸리기도 했다. 금방 친해지는 친구도 있었지만 학기가 지나도록 서로 친하게 지내지 못하고 서먹서먹하게 지내는 친구도 있었다. 대개는 소풍을 갔다 오면 마음을 여는 경우가 많았다. 교실이 아닌 색다른 장소에서 부담 없이 웃고 지내다가 보면 거리감이 사라지기도 했다. 해마다 꽃 피는 봄이 오면 담임선생님들이 실시했던 가정방문도 그랬다.

가정방문을 한다고 해도 생뚱맞게 생각을 했다. 우리 집은 왠지 오지도 않을 것 같아서 근성으로 들었다. 아무 생각도 없이 마침 집에 있는데 친구가 찾아왔다. 사는 동네가 멀리 있어서 평소에 한 번도 찾아온 적이 없는 친구였다. 이상하다고 생각을 하는데 곧바로 선생님이 들어 오셨다. 갑작스러운 일이라 반갑고 부끄러운 생각으로 마음이 복잡했다. 며칠 전 부끄러운 일이 생각나서 급하게 인사만 하고 고개를 숙였다. 선생님이 꼭 꾸중할 것만 같았다.

수업이 끝나고 친구와 심하게 다툰 적이 있었다. 평소에는 고분고분하고 잘 따지지도 않는데 그날만은 달랐다. 내가 생각을 해도 심하다는 생각이 들 정도로 신경질을 냈다. 친구들이 보는 앞에서 멱살을 잡기도 했다. 내성적이라 잘 싸우는 성격도 아닌데 그때는 평소에 보던 내 모습과 달랐다. 조금 양보하고 참을 수도 있었는데 왜 그랬는지 이해가 안 된다. 미안하다고 생각을 하지만 이미 어쩔 수가 없었다.

다툰 일로 불려 가서 꾸중을 듣고 벌을 받았다. 한 시간 동안이나 무릎을 꿇고 앉아서 반성 아닌 반성을 했다. 친구들 앞에서 부끄러워 고개를 들지도 못했다. 따로 반성문은 안 썼지만 선생님께서 화가 많이 나셨다. 담임선생님은 화를 잘 내지 않는 성격인데 옆 반 선생님들까지 모두 알게 되어서 자존심이 상했던 모양이다. 옆 반 선생님께 전해 들어서 알게 되었다고 했다. 어쩔 줄 몰라서 안절부절못하고 묻는 말에 대답도 제대로 못 했던 기억이 난다. 그날 있었던 일은 한동안 마음에 짐이 되기도 했다.

봄방학이 끝나면 선생님께서 가정방문을 다녔다. 학교에 다니면서 몇 번이나 선생님이 왔다 갔지만 맨 처음 가정방문이 생각난다. 그때의 추억이 제일 기억에 남아 있다. 처음에는 온다는 소식을 듣고 얼마나 가슴이 두근거렸는지 모른다. 매일 교실에서만 보다가 학교 울타리를 벗어나 만남의 시간을 갖는다는 게 생소하기만 했다. 선생님을 보면 언제나 무섭다는 생각을 먼저 하고 있었다. 마음을 열고 가까이 가기가 무척이나 힘이 들었다. 성격이 소심하고 내성적이어서 자연스럽게 나서지도 못하고 망설이기만 했다.

어렵기만 하고 무섭기도 했던 선생님이다. 편하게 생각하게 된 동기가 바로 가정방문이었다. 선생님이 찾아 왔는데 말도 한 마디 못하고 선생님 얼굴만 쳐다보았다. 학교에서 보던 선생님과는 다른 모습을 보게 되었다. 무슨 마음이었는지 부담이 없고 편하게 지내는 이웃집 아저씨 같다는 생각을 했다. 늘 사람은 성실하고 정직하게 살아야 한다는 말을 했다. 따뜻한 말 한마디에 선입견이 사라지게 되었다. 내게는 아무 관심도 없는 사람이라고 생각을 하고 지냈는데 너무 뜻밖이었다. 그날 이후로 더 이상은 선생님한테 특별히 따뜻한 말을 들은 기억이 없다.

선생님이 다녀가고 나서 미리부터 내년을 기다리기도 했다. 일 년이 후딱 지나갔으면 좋겠다는 생각을 했다. 부끄러워서 얼굴도 못 들고 보냈는데 창피스러운 생각도 든다. 같이 따라 왔던 친구가 말을 자꾸 시키던 생각이 난다. 반장도 아닌데 붙임성이 많다고 선생님이 일부러 데리고 왔던 모양이다. 모나지 않아서 평소에 인기가 많은 친구였다. 붓글씨를 잘 쓰던 친구로 기억을 한다. 가끔 만나면 그때 이야기를 한다. 봄방학이 지나고 새 학기가 되면 그때 보았던 선생님 뒷모습이 생각날 때가 많다.

모처럼 우리 집에 찾아온 손님을 맞고 보내며 가정방문이 생각났다. 가정방문은 교사가 학생의 사정을 좀 더 이해하고 참되게 지도하기 위한 것이었다. 손님을 맞고 보내는 것도 마찬가지다. 공적인 장소에서 나누지 못했던 서로의 마음을 터놓고 이야기하는 계기가 되기도 한다. 해마다 봄이면 산골 마을까지 손수 찾아오시던 선생님의 얼굴이 떠오른다.

철야 기도

매달 한 번씩 하는 다라니 밤샘 기도가 있다. 복을 받고 싶은 마음에 흔쾌히 동참했다. 처음 하는 것도 아닌데 심장이 두근거린다.

학교를 졸업하고 객지에서 직장 생활을 했다. 나는 주방 기구를 만드는 공장에 다녔다. 소문에는 물건이 없어서 못 파는 실정이라고 했다. 수당을 더 준다는 명분으로 잔업을 많이 권했다. 야근하면서 쉬는 시간에 보면 쉴 사이 없이 물건을 실어 나르는 모습을 볼 수가 있었다. 그 많은 제품이 어디로 가는지 궁금하기도 했다. 한창 젊은 나이에 잔업으로 밤을 낮 삼아 일하면서도 고생이라고 생각하지는 않았다. 누구든지 똑같은 형편이라고 생각을 하고 지냈던 것 같다. 열심히 해야만 남보다 잘살 수 있고 희망찬 내일이 있다고 믿었다.

내가 몸담았던 회사는 서울에서 인천으로 가는 길목에 있었다. 도시 속의 시골 마을이라 친근감이 가는 조용한 동네였고 사람들 인심도 좋았다. 멀리 김포 비행장이 바라보이는 전형적인 시골 마을이었다. 비행장에서 뜨고 내리는 비행기를 보노라면 고향 마을에 온 것 같은 기분이 들었다. 내 고향과 주위 배경이 너무 흡사해서 신기하다는 생각을 하기도 했다. 멀어져 가는 비행기를 보면서 고향을 생각했고 향수에 젖을 때가 잦았다.

처음에는 그나마 재미가 있었다. 틈틈이 쉬는 시간에는 전국 각지에서 몰려온 사람들에게 많은 이야기를 듣기도 했다. 저마다 고향 자랑을 하기도 했는데 전라도 지방에서 올라온 사람이 제일 많았다. 인천이나 가까운 경기도 사람은 별로 없고 동네 토박이가 한 사람 있었는데 텃새가 참 심했다. 나이도 어린 사람이 막무가내로 행동하고 다녔다. 텃새만 믿고 아무에게나 대들고 안중에도 없었다. 누구 할 것 없이 한사코 싫어하고 꺼리는 기피 대상이었다. 툭 하면 꼬투리를 잡아 시비를 걸고 다투었다. 대부분의 사람은 괜한 트집과 시비에 휘말리기 싫어 피해 다녔다.

회사에서는 잔업을 하는 날이 많았다. 정해진 시간에 일이 끝나는 날은 별로 없었다. 작업량이 많아서 어쩔 수 없이 할 때도 있었지만 대부분 원해서 하는 경우가 더 많았다. 야근을 많이 해서 근무 시간이 많아야 일을 잘하는 것 같고 수입도 더 많았기 때문이다. 일하는 동료가 많아서 별로 힘든 줄도 모르고 일했다.

한마디로 시간이 금이었다. 일하는 만큼 수당이 나와서 돈 버는 욕심에 열심히 했던 것 같다. 나도 그렇지만 공장에는 시골에서 올라온 사람들이 많이 있었다. 별을 보면서 퇴근하는 날이 많았던 고달프고 외로운 시절이었다.

주간 일이 끝나기 전에 작업반장이 야근을 할 것인지 꼭 물어보고 다녔다. 일찍 퇴근하는 사람은 별로 없었다. 모두 배고프게 살았던 시절이라 잘살아 보겠다는 희망이 있었다. 가진 게 없어서 고향을 등지고 생산 현장에서 일하는 사람들이었다. 월급 때가 되면 야근 몇 시간 했는지 확인을 하고 갔다. 잔업을 많이 하면 훈장을 다는 것 같았다. 그중에서도 열심히 하는 사람은 항상 정해져 있었다. 한눈팔지 않고 일만 하는 사람들이 부러웠다. 힘은 들었지만 잘살아 보겠다는 희망이 고생을 참을 수 있게 해주었다.

경제 개발 붐을 타고 수출을 권장하던 시절이었다. 수출 목표를 세우고 목표만큼 상품을 만들어 국력을 키워나가던 시절이었다. 정해진 시간만 일해서는 시간이 모자랐다. 밤을 낮 삼아 일을 해야만 했다. 집에서 쉬는 시간보다 공장에서 일하는 시간이 더 많았다. 쉬지 않고 돌아가는 기계 소리가 자장가처럼 들리기도 하고 음악 소리 같았다. 사람이 일일이 손으로 하는 것보다 기계가 하는 일이 더 많은 단순한 노동이었다. 특별한 기술이 없어도 할 수가 있는 작업이라 적응하기가 쉬웠다.

잘 살 수 있다는 장밋빛 미래와는 달리 작업 환경은 나빴다. 일하는 시간이나 노력에 비해서 보수도 적고 육체적인 피로가 심한 작업이었다. 일이 힘들어서 한 직장에 오래 붙어 있지 못하고 떠돌아나니는 사람이 대부분이었다. 이리저리 떠돌다 보면 정이 들기 전에 자리를 옮겼다. 그리 길지 않은 기간 일했는데 잠깐씩 스치고 지나가는 사람이 많았다. 그곳에서 근무하는 동안 깊은 정을 주고받으며 사귄 사람은 별로 없었다.

외롭기만 했던 객지 생활은 결코 오래가지 못했다. 정이 좀 들고 적응이 되었다고 생각을 할 때쯤 입대 영장을 받았다. 아쉽기도 했지만 솔직히 더 있고 싶은 마음이 없어서 고향으로 내려오게 되었다. 첫 직장이라 가끔 그때의 일이 생각나 군 복무를 마치고 찾아가 보니 환경이 많이 변해 있었다. 한적한 시골 풍경은 모두 사라지고 도시화로 삭막한 풍경만 남아 저으기 실망스러웠다. 그렇게 발길을 돌린 뒤로는 더는 찾은 적도 가 보고 싶은 생각도 없었다.

이제는 철가방이라는 소리를 들을 정도로 든든한 직장에서 근무한다. 밤을 지새우던 야간 근무도 아련한 추억 속의 이야기다. 몸은 힘들어도 잘 살아보겠다는 희망으로 버티었던 시절이 꿈만 같다. 밤샘 기도를 한다. 정성을 다해 기도문을 올린다. 누군가는 지금 이 순간에도 가족과 사회, 국가를 위해서 밤새워 근무를 할 것이다. 기쁜 마음으로 모두의 복을 바라며 기도에 임한다.

똥 구르마

우연히 만난 친구가 어릴 적 별명을 불렀다. 내가 무척 싫어하던 별명이다. 오랫동안 잊고 살았는데 새삼 나를 아프게 했다.

농사철이 다가오면 논에 객토 작업을 한다. 외양간에서 나오는 거름을 논에 가져가서 뿌렸다. 거름을 손수레에 싣고 운반하는 일은 힘이 많이 들었다. 더구나 냄새가 지독하여 거름을 옮기는 일은 꺼려진다. 나는 아버지가 끄는 손수레를 뒤에서 밀면서 도와 드렸다. 마침 그때 만난 친구가 냄새가 지독한 손수레를 밀고 있는 나를 보고 놀렸다.

'너, 똥 구르마 미는구나.'라던 친구는 동네방네에 소문을 내고 다녔다. 나의 의지와는 상관없이 내 별명이 '똥 구르마'가 되어버렸다. 동네에서 부르던 별명이 전염병처럼 학교에도 퍼져서 나를 몹시 난처하게 만들었다. 별명이 불릴 적마다 부끄러워서 낯을 들지 못했다. 내 유년은 이처럼 똥 구르마 때문에 기가 죽어지낸 아픔이 있다. 하필이면 그날 아버지를 도운 일이 얼마나 후회스러웠는지 모른다. 언제까지 놀림감이 될지도 몰라서 가슴이 답답하였다. 한번 붙여진 별명은 내 마음대로 바꿀 수 없었다.

당시는 남녀 공학이라 여자 친구도 많았다. 남자 친구들은 그렇다고 쳐도 여자애들이 수군거리는 것 같아서 창피했다. 괜히 창피하고 자존심 상해 한동안 여학생을 피해 다녔다. 학교를 졸업한 후에도 만나면 그런 이야기를 많이 들었다. 동창회를 하거나 행사가 있어서 가게 되면 제일 먼저 그 이야기를 듣는다. 그래서 동창회를 한다고 하면 별로 안 좋아한다.

심하게 다툰 친구가 있다. 가까운 동네에 살았는데 방학 기간에 기념일이라서 학교에 나가는 날이었다. 선생님 지시로 운동장에 자라난 풀을 뽑게 되었다. 더운 날씨에 싫증이 나서 게으름을 피우다가 서로 적게 뽑으려는 생각에 다투었다. 같이 있던 친구들이 말리는 바람에 주먹다짐은 피했지만 욕설을 하며 다투었던 친구다. 그날 이후로 미워하는 감정이 많았는데 그 친구가 '똥 구르마' 미는 모습을 봤다. 좋은 기회라고 생각을 했는지 자꾸 소문을 낸 것이 별명으로 변했다.

잠시 청소부 일을 한 적이 있다. 내가 환경미화원이 된 건 아버지의 영향이 크다. 돈을 벌고 싶으면 엿장수를 하든지 그게 안 되면 청소부를 하라며 당부를 했다. 큰돈이 드는 것도 아닌데 리어카 살 돈이 없어서 엿장수는 엄두도 못 내고 청소부가 되었다. 일은 힘들었지만 그런대로 만족을 했다. 냄새나는 쓰레기를 치우면서 그래도 '똥 구르마' 미는 것보다는 낫다고 위안을 삼았다. 살다 보니 '똥 구르마'라는 별명이 위안이 될 줄 꿈에도 몰랐다.

다투던 친구가 더 오래 기억에 남는다. 원수로 여기며 얼굴을 붉혔는데 미운 정도 정이라는 말을 알 것 같다. 많은 시간이 지난 후에 동창회를 갔다가 화해를 하게 되었다. 늦었지만 마음을 트고 보니 가슴이 넓고 따뜻한 친구다. 지금은 안부 전화도 하고 친하게 지낸다. 세월이 약이라는 노랫말처럼 우리도 그렇게 변했다. 무척 다행스럽고 잘된 일이라는 생각을 한다.

고향에 가게 되면 그 친구가 살았던 동네에도 한번 씩 들른다. 작은 시골이라 동네는 달라도 좁은 골목까지 눈에 선하다. 사람도 변하고 많은 것이 변했지만 옛 추억만은 살아 있다. 어릴 때 보았던 모습이 조금이라도 남아 있으면 그때는 그랬지 하고 반긴다. 그저 그렇게 보아 넘겼던 풍경이 징하게 그립다. 친구가 어디선가 불쑥 나타나서 내 별명을 부르며 다가올 것만 같다.

고향을 떠나서 객지 생활을 하면 힘든 일이 어디 한두 가지던가. 그러나 내게는 객지 생활에도 나름대로 즐거움을 맛보며 살았다. 그 중의 하나가 지긋지긋하던 '똥 구르마'라는 별명을 듣지 않는 일이었다. 어릴 적 친구를 만나는 것도 싫었다. 그만큼 나에게 깊은 상처를 남긴 별명이었다.

많은 세월이 흘렀다. 이제는 '똥 구르마'라고 불러도 창피하거나 부끄럽지 않다. 오히려 정겹게 들린다. 다만, 온통 거름 냄새를 풍기며 힘들게 삶을 살았던 아버지의 체취가 그리울 뿐이다.

망월지 두꺼비

비를 맞으면서 두꺼비가 지나간다. 한 마리 두 마리 모습을 나타내더니 그 수가 점점 많아진다. 아직 뭔지 형체가 불투명했다. 자세히 살펴본 뒤에 비로소 알 수가 있었다.

망월지에서 두꺼비가 떼 지어 이동한다는 뉴스를 들었다. 그 뒤로부터 꼭 한번 보고 싶었다. 호기심에 찾아간 망월지는 조용하기만 했다. 두꺼비의 행렬이 있는지 없는지 아무런 기척이 없다. 넓은 망월지 둑을 한 바퀴 거닐어 보았다. 둥글게 생긴 둑이 인간 세상과 구분 지은 경계선이었다. 경계 이쪽저쪽을 아무리 기웃거려 보아도 행렬의 흔적은 보이지 않는다. 그들의 이동이 끝난 것인가. 아니면 인기척에 얼굴을 숨긴 것인가. 깨끗한 얼굴에 티끌이라도 묻을까 싶어서인지 호락호락 모습을 드러내지 않는다.

몇 번이나 찾아가도 헛걸음을 했다. 혹시나 해서 여러 번 찾아 갔는데 만날 수가 없다. 한번은 저수지 바닥이 바짝 마른 광경을 본 적이 있다. 모든 생명은 물에서 오는 데 물이 없으면 동물은 실 수가 없다. 물이 말라서 견디지 못해 물을 찾아 멀리 떠난 건 아닐까 하는 생각도 해 봤다. 한편으로는 긴 시간을 땅속에서 겨울잠을 잘 거라는 생각도 들었다. 저수지는 물에서 생존하는 생명의 소중한 보금자리다. 바짝 마른 저수지를 보니 생태계가 파괴되지는 않을지 안타깝다. 모든 생물이 공존하는 저수지의 물이 마르지 않았으면 좋겠다.

망월지 위쪽에는 대나무 숲이 있다. 두꺼비들이 즐겨 찾는 장소이다. 무리지어 뒤뚱거리며 이동하는 곳이다. 물속에만 있는 것이 아니라 둑을 경계로 바깥세상을 구경 삼아 나오는 것 같다. 숲을 찾는 것은 그만한 이유가 있겠지만 그것도 두꺼비 나름의 취향이 아닐까. 병풍처럼 둘러 쳐진 숲이 무척이나 아늑해 보인다. 숲 속에 비상시국을 대비한 서식처로서 안성맞춤이다. 아무리 봐도 눈에는 안 보이지만 숲이 있어서 그저 고맙다.

저수지 주변에 둘러쳐진 그물망은 두꺼비가 남긴 흔적이다. 길을 잘못 찾을까 싶어서 등불을 밝혀 주는 등대 구실을 한다. 배도 등대를 보고 길을 찾아가듯이 약속 그물망도 길을 찾아가는 등대가 되리라. 하지만 경계 너머의 세상은 늘 위험 요소가 도사리고 있다. 운이 나쁘면 봉변을 당한다. 발에 밟혀서 목숨을 잃은 안타까운 경우도 있다. 두꺼비는 무리를 지어 다니는 습성이 있는데 패잔병처럼 낙오되면 더 위험하다. 몇 군데 두꺼비 서식처라는 표지판이 있어서 많은 정보를 전해들을 수가 있었다. 자세한 설명을 보니 궁금증이 좀 풀린다.

두꺼비는 비가 내리거나 습한 날씨를 좋아한다. 햇볕이 나거나 날씨가 좋은 날은 잘 물속에서 나오지 않는다. 저수지야말로 그들에게는 가장 편안한 보금자리다. 볼품도 없어 보이는 웅덩이가 그들에게는 용궁이다. 무심히 쳐다보기만 하던 저수지가 새롭게 보인다. 그 속에는 얼마나 많은 생물들이 존재하는지 궁금하다. 인간의 손이 쉽게 안 닿아서 대대손손 터를 잡아서 사는 모양이다.

비가 오는 날 서둘러 망월지를 찾았다. 마음속으로 벼르고 있었던 일이다. 요행히 처음으로 두꺼비와 상면했다. 말로만 듣다가 직접 보니까 참 반가웠다. 혹시 했는데 끈질기게 찾아간 보람이 있었다. 누군가 먼저 보더니 손으로 가리켜 주었다. 처음에는 그냥 까만 점 같게만 보였다. 숨을 한번 고르더니 그 조그만 게 펄쩍 뛴다. 뛰는 모습이 앙증맞고 귀엽다. 살아 있음을 새삼 몸으로 보여 준다. 혼자 가면 외로워서 목적지까지 같이 가기로 서로가 약속한 것 같다. 쉽게 눈을 뗄 수가 없다.

떼를 지어 움직이는 두꺼비 행렬을 보면서 생명에 대한 경외감을 느낀다. 지구에 존재하는 모든 생물은 나름 존재 이유가 있을 것이다. 도심 인근에서 두꺼비의 이동을 관찰할 수 있다는 사실만으로도 잃어버린 마음의 고향을 찾은 기분이다. 비록 미물이지만 자연의 법칙을 통한 공생을 배운다.

바보처럼 살았다

'가요무대'를 애청한다. 가수 김도향이 부르는 '난 참 바보처럼 살았군요'라는 노래는 언제 들어도 심금을 울린다.

인사이동이 있어서 몇 명의 직원이 자리를 옮겼다. 정들자 이별이라고 정이 좀 들었는가 싶으면 떠나간다. 붙잡고 싶기도 하지만 어쩔 수가 없다. 눈앞의 현실에 헤어져야만 하는 게 서글프다. 산다는 게 그런 것이라며 마음을 달랜다. 인사 때면 늘 섭섭한 마음이다. 인사이동은 새로운 사람을 만나서 반갑지만 정든 사람을 보내며 늘 아쉬운 마음이 앞선다.

아쉬움 속에서도 가끔 기분이 좋을 때가 있다. 평소에 나를 만만하게 보는 상사가 있었다. 업무상 문제로 뭔가를 물어보는데 답변을 제대로 못 했다. 한마디로 별 볼일이 없는 놈이라고 생각을 했던 모양이다. 이후로 나만 보면 사소한 일도 물고 늘어졌다. 직장 상사라서 힘으로 할 수도 없고 참고 지내야만 한다는 사실이 서글펐다. 딴죽이라도 걸어서 당한 만큼 돌려주고 싶었지만 적당한 기회가 없었다. 어느 날 그 상사가 다른 곳으로 인사 발령을 받았다. 그 말을 듣고 횡재를 하는 기분이었다.

마라톤 동호회에 가입하였다. 혼자서 하는 것보다는 회원들과 어울려서 하는 것이 정보도 교환하고 동기 부여도 되기 때문이다. 이해관계가 없어서인지 처음 만나는 사이인데 모두 따뜻하게 대해 줬다. 같이 운동장을 몇 바퀴 뛰어 보고는 금방 친해졌다. 많은 세월 사귄 친구처럼 살갑게 대해 주는 걸 피부로 느꼈다. 덕분에 정이 넘치는 가운데서 열심히 운동할 수가 있었다. 직장처럼 상사가 따로 없다는 게 좋았고 간섭하는 사람도 없었다. 신선하고 색다른 분위기와 운동에 매료되었다.

인사 발령을 받고 이동하는 동료의 뒷모습을 보면 헤어진 친구 생각이 난다. 옛날 생각이 나고 아련한 정이 그리워지면 그 친구가 생각난다. 한 번 헤어진다고 인연이 끝나는 것은 아니다. 언제 어디서 다시 만나 같이 근무하게 될지도 알 수가 없다. 넓고도 좁은 세상이라 그런 경우를 많이 본다. 끊어졌던 인연이 다시 이어지기도 하고 그러다 보면 미운 정 고운 정이 생긴다. 새로 맺은 인연도 소중한 인연이다. 모든 생명이 소중한 것처럼 사람들과의 인연도 똑같다는 생각이 든다.

만나면 헤어지는 것이 인생살이다. 하지만 정든 사람과 헤어지는 것은 별리의 아픔이 따른다. 서로 무관심하며 지낸 사람은 그저 '가면 가는구나'라는 생각이 들 뿐이다. 나와 아무 상관이 없는 사람이라고 여기면 그걸로 끝이다. 그래도 이맘때가 되어서 생각나는 사람이 많은 걸 보면 다행이라는 생각이 든다. 무슨 인연으로 많은 이와 정을 주고받았는지 모르겠다. 옷깃만 스쳐도 인연이라고 하지만 정든 사람은 늘 그립고 보고 싶은 연인과 같다.

봄은 강남 갔던 제비가 돌아오듯이 인사철이다. 정기 인사를 무슨 이유로 봄, 가을에 하는지는 알 수가 없다. 인사이동은 봄바람처럼 싱숭생숭하다. 처음에 누가 이 시기에 정했는지 그 이유가 궁금하다. 나무에 물이 오르고 만물이 생동하는 계절에 인사가 있어야 제대로 하는 것 같다는 생각도 했다. 이름 없는 나무 한 그루 풀 한 포기도 제자리가 있다. 모든 세상사가 똑같지만 인사가 만사라는 말이 생각난다. 인사가 잘돼야 모든 게 제자리를 찾아가는 것처럼 보인다.

봄철을 맞아 인사가 있으면 언제나 학창 시절 꽃피는 봄을 생각한다. 짧고 달콤했던 봄방학이 끝나면 학년이 바뀐다. 정든 친구들과 작별을 해야 하는 아쉽고 섭섭한 시간이다. 행여나 줄을 잘 서서 같은 반에 그대로 올라가는 예도 있지만 그런 친구는 몇 명 안 된다. 보통은 다른 반으로 뿔뿔이 헤어졌다. 반이 갈리고 헤어진다고 멀리 가는 것도 아니었다. 바로 옆 교실이나 같은 울타리 안에서 공부한다. 쉬는 시간에 만날 수도 있고 언제 다시 만나게 될지도 모르는데 무척이나 섭섭했다. 옆 교실 하고 거리가 엄청 멀게만 느껴졌다.

학년이 바뀌어도 같은 반에서 그대로 공부하고 싶었다. 좀 친하다는 생각이 들 때쯤 반이 나뉘었다. 그렇게 정도 들고 추억을 쌓은 친구들과 이별의 아픔을 많이 겪으면서 살았다. 혼자 겪었던 아픔은 아니지만 학년을 주기로 친구가 바뀌는 것이 항상 불만이었다. 더 많은 친구를 사귈 수도 있겠지만 깊은 우정을 쌓기가 무척 어려웠다. 결코 길지 않은 학창 시절을 보내면서 언제나 아쉽게 생각하는 일이었다. 이제 와서 생각해 보니 살뜰한 정을 느낀 친구가 별로 없었던 이유라고 나름대로 생각을 해본다.

나와 인연이 닿았던 수많은 사람의 얼굴이 스쳐간다. 그럼에도 부담 없이 만날 수 있는 진정한 친구 하나 없다는 사실이 안타깝고 애달프다. 참다운 친구가 없어서 나는 인생을 바보처럼 살았다고 생각이 든다.

풍경 소리

지은이 _ 김진용
발   행 _ 2015년 5월 1일

펴낸곳 _ 수필미학사
펴낸이 _ 신중현

등록번호 _ 제25100-2013-000025호
등록일자 _ 2013. 9. 2.

대구광역시 달서구 문화회관11안길 22-1(장동) 출판산업단지 9B 7L
전화 _ (053) 554-3431, 3432 팩시밀리 _ (053) 554-3433
홈페이지 _ http://www.학이사.kr
이메일 _ hes3431@naver.com

ISBN _ 979-11-85616-22-3 03810